神奈川県警「ヲタク」担当
細川春菜

鳴 神 響 一

幻冬舎文庫

神奈川県警「ヲタク」担当　細川春菜

目次

第一章　専門捜査支援班

1

相模湾の沖合は鮮やかなバーミリオンに燃えていた。
凪の時間が終わったのか、潮の香りを乗せた夕風が片瀬西浜に吹き渡っている。
こんな海風ともしばらく会えないと思うと、細川春菜は一抹の淋しさを覚えた。
江の島署の生活安全課防犯少年三係員としての三年間は今日で終わる。
比較的平和な地域とはいえ、管轄区域は湘南海岸の中心地のひとつだ。
浜辺や近くの遊興施設などでは、若者同士のもめごとや喧嘩も少なくはない。
とくに夏の夜間は忙しい日々が続いた。
そんな毎日とも、もうお別れなのだ。

感慨に浸っていると、署の正門前にシルバーメタリックの覆面パトカーが滑り込んできた。

助手席から、ライトグレーのスーツ姿の男が降りてくる。

「加藤さぁん」

春菜は手を振りながら、男のそばに駆け寄っていった。

「おう、細川、ずいぶん大きなザック背負ってるじゃないか」

少年事件で一緒に仕事をしたことのあるベテラン刑事の加藤だった。刑事課強行犯係の無愛想な猛者なのだが、実はこころ優しき熱血刑事だった。

相方が運転する覆面パトは、右手の駐車場へと去った。

「荷物がけっこう多いんです」

自分のデスクの引き出しに入っていた私物の文房具類や書籍類などが、ザックいっぱいに詰め込んであった。

ふだんの勤務は私服なので、今日もアイボリーのアンサンブルスーツを着ていた。制服は自宅に持ち帰っていた。

「異動だってな」

「お世話になりました」

加藤の前に立った春菜はぺこりと頭を下げた。

「悪ガキたちとの追っかけっこじゃ、こちらこそずいぶん世話になったよ」

加藤はいかつい顔に親しげな笑みを浮かべた。

「ところで、本部の刑事部だって？」

加藤は興味深そうな顔で訊いてきた。

「そうなんです。でも、加藤さんみたいな仕事じゃなくって……」

刑事になるわけではない。それはたしかだ。

数十倍から数百倍とも言われる刑事の試験を、春菜は受けてはいない。

「どこの部署なんだ」

「刑事総務課の捜査指揮・支援センターです」

「ああ、あそこか」

加藤はあいまいな顔つきでうなずいた。

「刑事部内や各所轄の捜査員の支援をする部署ってことだけは知っているんですが……」

警察官の異動は、直前に内示されることが多い。春菜もセンターの詳しい業務内容は知らなかった。

「防犯カメラの映像や押収したパソコンのデータなんかの捜査情報の解析は、いままで各所轄で行っていた。それを支援システムを使って集中的に処理する部署だよ。捜査効率を高めるために設置された」

「へへ、よく知らないんです」

春菜は笑って答えるしかなかった。

「まぁ、ああいう新手の部署は実際にあっちに行ってみないと、ほんとの仕事なんてのはわからないからな。いずれにしても、これからも細川には世話になるな」

「こちらこそです」

「だけど、細川ってパソコンとか得意だったか」

加藤は首を傾げた。

「まぁ、ワードやエクセルは、ふつうには使えますけど」

一般的な事務処理はできるが、自分のPC能力はたいしたものではない。

「あそこは、さっき言った防犯カメラの解析だとか、ビッグデータからの犯罪者データの抽出とかやってるはずだ。俺も詳しくは知らないけど、ワードとかエクセルとかのスキルって話じゃないだろうよ」

加藤はまじめな顔で言った。

「本当ですか」

そんな特殊なソフトウェアが自分に使えるだろうか。

春菜は不安になってきた。

気の毒そうな顔になって加藤は続けた。

「でも、細川がデータを直接扱うってわけでもないのかもな。どこの係になるんだ？」

「よく知らないんです。専門捜査支援班ってとこに所属するみたいです」

「なんだって？」

加藤は驚いて目を見開いた。

「どうかしたんですか」

「その班の名前は聞いたことがある。なんだかエリートが集められてるって話だぞ」

「キャリアがいるんですか？」

驚くのは春菜のほうだった。

若いキャリアだとしても、採用から一年経つと階級は警部だ。

所轄では課長級、本部でも係長級の職務に就くはずだ。

「準キャリアだと思うんだけど、大学院を出たような学者っぽいヤツらがゴロゴロいるって話だ」

自信がなさそうに加藤は言った。

「えー、わたしのガラじゃない」

春菜は顔の前で手を振って答えた。

「そうだな……細川はインテリって雰囲気じゃないな」

「わたし、ふつうの私大卒ですし、学生時代は勉強とか得意じゃなかったほうなんで」

「ご同様だ」

加藤は声を立てて笑うと、まじめな顔になって続けた。

「しかし、なんで細川が専門捜査支援班なんかに行かされるんだろうな」

「雑用係じゃないですか」

そうだ、決まってる。インテリの雑用を仰せつかるのではないか。

「そんなのふつうの班にはないよ。雑用ってわけじゃないが、総務的なことは刑事総務課なら庶務係が担当してる」

「そうですか……」

春菜の声はわずかにかすれた。

「カトチョウ、お待たせしました」

覆面パトを駐車場に置いてきた若い刑事が戻ってきた。

「お疲れさまです」

春菜が言葉をかけると、若い刑事はちょっとはにかんで黙礼をした。

「ま、頑張ってくれ」

右手を上げた加藤は若い刑事とともに江の島署の建物に入っていった。

残された春菜の胸に、明日からの日々への不安が、夕闇と一緒に忍び寄ってきた。

新年度初日も昨日に続いてよい天気だった。

いよいよ新しい職場に出勤する日となった。

春霞がかかっているのか、ぼんやりと薄青い空がひろがっている。

春菜はクリーニングから上がってきたばかりのブラックスーツに身を包んで自宅を出た。

今日は初日なのでザックは背負っておらず、黒い小さなレザーショルダーバッグだけを肩から掛けていた。

昨夕感じた春菜の不安は少しも消えてはいなかった。

春菜は横浜市瀬谷（せや）区の賃貸アパート暮らしだった。

独身警察官は勤務先に近い独身寮に入居する決まりだ……などとテレビドラマでは描かれる。

予算が潤沢な警視庁ではその通りなのかもしれないが、少なくとも神奈川県警では予算不足が厳しく、独身者の人数分の寮が用意されていない。とくに女子寮は絶望的な状況で、女性警察官はかなり待たないと入寮することが難しくなっている。

ここ五年ほどは、相鉄本線の瀬谷駅から七〇〇メートルほどの位置に建つ2DKの木造アパートに住んでいる。

部屋は広めだが、築三〇年なので家賃はかなり安い。

瀬谷区は横浜市では西端の位置にあって、境川の向こうは大和市である。

横浜市のなかでも、マイナーな区だと思う。

アパートの西隣が農家で畑がひろがっていて、小さな屋敷森があるのも春菜の好みだった。

春菜はチューリップで有名な砺波（となみ）市で育った。

砺波市は富山県西部にある砺波平野の真ん中あたりに位置する。庄川（しょうがわ）が造った扇状地形にひろがる田園地帯だ。一帯には「カイニョ」と呼ばれる屋敷森に囲まれた、東向きの農家が点在している。家と家が離れた代表的な散居村の景観を呈している地域だった。

いままでは瀬谷駅から相鉄本線に乗って、大和駅で小田急江ノ島線に乗り換えて終点の片瀬江ノ島駅まで通っていた。相鉄本線の急行に乗れば電車に乗っている時間は、乗り換えを含めて三〇分ほどだった。

今日からは相鉄本線を反対方向に乗って、終点の横浜駅で横浜高速鉄道のみなとみらい線に乗り換える。終点の元町・中華街のひとつ手前の日本大通りで降りるので、通勤時間は一〇分ほど増えるものの、それほど変わらなかった。

去年の一一月末からＪＲに乗り入れて新宿や川越まで行く特急列車も走るようになった。瀬谷は交通面では意外と便利な街なのだ。

勤務は午前八時三〇分から始まるが、いままでは八時頃には片瀬江ノ島駅に着いていた。今日は初勤務日とあって、いつもより三〇分以上早く家を出た。

昨日まで乗っていた下りの急行海老名行きは比較的空いていた。立っている人は多くはないので座れる日も少なくはなかった。

だが、上りの急行横浜行きは、七時前なのにかなり混んでいた。

瀬谷駅ではすし詰め状態というほどのことはなかったが、春菜は左右のドアから等距離あたりの場所に立つことにした。

県道丸子中山茅ヶ崎線のガードを過ぎ、市営楽老（らくろう）ハイツの団地を左に見る。

いつもと違う車窓風景は、春菜にとっては新鮮だった。

隣の三ツ境（みつきょう）の駅に着いたら、どっと人が乗り込んできた。

乗客たちの波に、春菜の身体は反対の右側ドアに押しつけられてしまった。

車内はすし詰めの混み具合となってきた。

七時台に入ったばかりなのに、いつもこんなに混むのだろうか。

新年度スタートの四月一日で、春菜のようにふだんより早く出勤している人が多いためなのかもしれない。

窓越しに希望ヶ丘のテニスクラブのコートが見えてきたあたりだった。

春菜はお尻に違和感を覚えた。

硬いなにかが触れている。

おそらくはブリーフケースの角だろう。

最初は、ほかの人に押されて誰かの荷物が当たっているのだろうなと思っただけだった。

だが、二度三度と接触は繰り返された。

（これは……もしかすると……）

疑いが兆した春菜は、身をよじって荷物の攻撃を避けた。

希望ヶ丘の駅でさらに乗り込んで来た乗客によって、まわりの人々の立ち位置が変わった。

反対側でドアが閉まって電車が動き出した。

しばらくは何ごともなかった。

右手から相鉄いずみ野線の高架線路が近づいて来たあたりで別の違和感を覚えた。

ブリーフケースが当たっていたあたりに、人の手の動きを感ずる。

（間違いない！）

背後から何者かが春菜のお尻をもぞもぞとさわっているのだ。

(やめてよ、この変態っ)

春菜は身体をわずかに右に傾けた。

それでも掌(てのひら)はしつこく春菜のスカートをさわり続けている。

気持ちの悪い感触は続いていた。

自分の不快感もさることながら、こうした行為を放置しておけば、被害に苦しむ人を増やすことになる。絶対に見逃すべきではない。

臀部(でんぶ)に触れている掌に、春菜は自分の手を伸ばした。

相手の掌を自分の右手でつかみ、親指を下側にして外側にひねり上げる。

「あ痛っ、痛(い)てててっ」

激しい男の悲鳴が上がった。

二カ条と呼ばれる逮捕術のひとつだ。

合気道にも二カ条という技があるが、これとは少し違う。

「なにをしてるのっ」

まわりの人々は驚いて、凍りついたように動きを止めた。

ほかの乗客に遮られて顔はよく見えないが、男はグレーのスーツを着ている。

声を聞く限りでは、そう若い男ではないようだ。

春菜はさらに男の掌を締め上げた。

掌には激痛が走っているはずだ。

「は、放してくれぇ」

なかば泣き声で男は懇願した。

すぐ近くの人たちは無理やり身を引こうとした。

だが、男の顔はよく見えない。

直後に右側のドアが開いた。

二俣川駅に着いたのだ。

ドア付近の人々が、降車する奥の乗客に押し出されるように、次々にホームに降りた。

「降りなさいっ」

春菜は男の手を引っ張って、ホームに引きずり出した。

人々が車内に乗るやドアは閉まって、急行横浜行きは発車した。

同じドアから降りた乗客たちの多くは、隣のホームに停まっている各駅停車にどどっと乗り込んだ。急行は二俣川から横浜までは停まらないのだ。

この駅で降りる人たちは、関わり合いになりたくないのか、さっさとその場を離れていった。

ホームの端に駅員がいたが、各駅停車の出発準備で忙しそうだった。

春菜は男の人着を確認した。人着とは犯人の人相や着衣を表す警察用語である。

痴漢は五〇近い男だった。

いくぶん長い髪でオーバル形のメタルフレームのメガネを掛けている。

細長い顔はサラリーマンというよりは、どちらかというと研究職か学者風の外見だった。

一見すると、品がよさそうで、とても痴漢には思えなかった。

だが、お尻をさわっていた掌をつかんだのだ。間違えているはずはない。

角の硬そうなブリーフケースも手にしている。

「な、なんですか、いったい」

男はさも心外だという顔つきを見せた。

「わたしのお尻をさわっていましたよね」

春菜がまっすぐに見据えると、男の瞳がうろたえたように揺らいだ。

だが、一瞬の沈黙の後で、男は口を尖らせて抗議の姿勢をとった。

「僕はそんなことしてない」

あれだけしつこくさわったのに、なんともしらじらしい。

「神奈川県迷惑行為防止条例第三条一項及び一五条一項違反の容疑です。同条項は衣服等の上から人の身体に触れることを禁じています」

春菜は罪状をはっきり告げた。

「冗談じゃあない、僕はそんなことしてない」

男はつばを飛ばした。

「被害者のわたしが、はっきりと認識しています」

春菜は男を睨む視線に力をこめた。

「失礼な。僕を侮辱する気か」

言い捨てると、背を向けて男は歩き始めた。

「待ちなさい」

逃げようとする男の、左の二の腕を春菜は背後からつかんだ。

「なにをするんだ」

ゆっくりと後ろへねじ上げる。

「痛いっ。痛い、放してくれっ」

男はふたたび悲鳴を上げた。

だが、男の腕の骨が折れるようなことはないはずだ。

逮捕術は相手に損害を与えずに、抵抗力を失わせることが要である。

神奈川県警の巡査部長昇任試験の受験資格に「女性警察官にあっては、逮捕術及び救急法の技能検定の有級者」という項目がある。春菜は当然ながら、逮捕術も救急法も修得している。

「こんなところで手錠を掛けられたくないでしょ」

力をゆるめると、春菜は静かに尋ねた。

「いったいなんなんだ？　あんた」

混乱が男を襲っているようだった。

「わたしは警察官です」

「えっ……まさか」

男は目を大きく見開いて絶句した。

春菜は空いている右手で、スーツの内ポケットから警察手帳を取り出して、男の顔の前に突き出した。

私服を着用して勤務するときは、警察手帳、手錠、警笛は、「適宜の方法」により携帯するように定められている。要は紛失の危険が少なく、収まりのよい場所に収納すればいいのだ。

「そんな……就活中の女子大生じゃないのか」

目を剝いて、男はうなり声を上げた。

春菜は二八歳だが、女子大生か、下手をすると女子高生に間違えられることもある。はなはだしい童顔なのである。

「運が悪かったね」

あまりきつい声にならないように、なるべく調子を抑えて春菜は言った。

「し、証拠はあるのか」

震え声で男は訊いた。

「ええ、科学的に検出できますよ」

春菜は涼やかに答えた。

ブリーフケースの角や男のスーツの袖には、春菜のスカートの繊維が付着している。これらを検査すれば、男の痴漢行為は立証できる。

「そんな……」

男の声が大きく震えた。

「とにかく、駅事務室に行きましょう」

私鉄はホームに事務室がない駅が多い。二俣川駅はホームの上層階の改札口付近にある。

「し、しかし……」

男の顔には恐怖が浮かんでいた。

春菜は腕をつかむ手に力を入れた。

「わかったから、もう腕をねじ上げないでくれ」

懇願口調で男は答えた。

「じゃあ、おとなしく事務室まで行きましょう」

腕をつかんだまま、春菜は男をホーム中央付近のエレベーターへと引っ張っていった。

各駅停車を待つ人がパラパラといた。

男はしきりとまわりを気にしている。

上りのエレベーターにほかの人影はなかった。

運転免許センターがあることで知られる二俣川駅は、数年前に改修工事を行っていて、新しくきれいだった。

春菜は二、三度利用しただけだったが、事務室の場所は知っていた。

ピンクとブルーの自動改札機が並んでいる改札口の右手、案内所を兼ねた事務室は自動ドアの向こうにあった。

春菜は窓口のカウンターにいる制服姿の駅員のところまで男を連れていった。

手が空いていた三〇代くらいの駅員に春菜は声を掛けた。

「すみません」

「どうしたんですか」

駅員はけげんな顔で春菜と男を見た。

「痴漢です。ちょっと場所をお借りできますか」

落ち着き払っている春菜に、駅員の顔つきに現れた疑わしさは消えなかった。

「は……あなたは？」

「県警の細川と申します」

春菜は警察手帳を提示した。

「あ、はい、わかりました」

あわてたような声で、駅員は窓口から奥へ引っ込んだ。

すぐに内側から通用口の扉を開けてくれた。

「ご苦労さまです。この奥を使って下さい……あの、警察への連絡はそちらでして下さるんですよね」

「はい、こちらで致します」

駅員はホッとしたような表情を見せた。

「では、後で顔を出します」

「ありがとうございます」

礼を言うと、男を引っ張って春菜はバックヤードに入っていった。

男はすでに抵抗するようすも、逃げ出そうとする気配もなかった。

気を利かせてくれたのか、その部屋には駅員の姿はなかった。

スチールデスクとパイプ椅子がいくつか置いてあった。

「さてと、そこに座りますか」

春菜の指示に、男は操り人形のように椅子に座った。

男の瞳に脅(おび)えの色が現れている。

「あなたのお名前は？」

静かな声音で春菜は尋ねた。

唇を堅く引き結んだまま、男は震えている。

「名前を教えて下さい」

春菜はいくぶんつよい調子で重ねて問いを発した。

だが、男はうなだれたまま黙り続けている。

黙秘する気なのか、あるいは脅えていて答えを返せないのかもしれない。

警察官に身柄を確保された人間が、通常の精神状態でいられることはない。

「では、あなたのお仕事は？」

男は力なく首を横に振った。

身体検査をして免許証で氏名を確認することもできないわけではない。が、身柄を確保しただけで、まだ現行犯逮捕をしたわけではない。この段階では任意で協力してもらうほかはないので、氏名ひとつ確認するのにも、同意が必要となる。

春菜はとりあえず応援を頼むことにした。

「仕方がないですね。では、最寄りの警察署に連絡します」

春菜はスマホを取り出すと、旭警察署の番号を探し出してタップした。

警察官が一一〇番通報しても差し支えないし、場合によってはそのほうが早く事件を処理できる場合もある。

旭区を管轄する旭警察署は、この二俣川駅から一キロもないはずだった。

瀬谷区の隣の区なので覚えていた。

すぐに出た代表から電話を生活安全課に廻してもらった。

強制わいせつ罪のレベルの痴漢行為なら、刑事課が担当する。が、お尻をさわったくらいだと神奈川県迷惑行為防止条例違反なので生活安全課の担当となる。

「はい、生活安全課」

若い男の声が聞こえた。

「痴漢被害です。わたしが被害に遭いました」

春菜は平らかな声で言った。

「被害に遭った場所はどこですか？」

「相鉄本線の上り車内です。二俣川駅に着く直前です。被疑者を二俣川駅事務室まで連行しています」

「あなたは？」

電話の声がけげんに曇った。

「刑事部刑事総務課の細川と申します」

「えっ、警察官ですか」

相手は驚きの声を上げた。

「はい、巡査部長です。出勤途中なので、まだ勤務に就いていませんが」

「細川さんが逮捕したんですか」

「いえ……まだ、身柄を確保しただけです」

逮捕した者となりたくなかった。駆けつけてくる旭署員に逮捕してもらいたかった。

「わかりました。いますぐ誰かを向かわせます」

電話の相手は頼もしい声で引き受けてくれた。

「よろしくお願いします」

春菜は礼を言って電話を切った。

ところが、いくら待っても旭署員は現れない。

この部屋の壁に掛かっている時計の針は、七時三〇分を指している。

二俣川から日本大通りまでは、三五分くらいはかかるはずだ。日本大通り駅から県警本部までは徒歩五分はかかる。正味四〇分、いま出ても県警本部に着くのは八時一〇分だ。

初日から遅刻という不名誉だけは避けなければならない。

春菜はジリジリしてきた。

「警察です」

ようやく制服に略帽姿の地域課の警官が二人飛び込んできた。

近隣を巡回していた旭署の地域課員が駆けつけてくれたようだ。

「細川さんは？」

年かさの四〇歳くらいの警官が訊いた。胸の階級章を見ると、巡査長だ。

「わたしです」

春菜は手を振って応えた。

「あのね、お嬢ちゃん、わたしたちが探しているのは巡査部長の細川さんなんだよ」

小馬鹿にしたような調子で巡査長は言った。

たしかに、身長も女性警察官としてはかなり低いほうの一五二センチくらいしかない。神奈川県警の女性警察官の採用基準は一五〇センチ以上となっている。

しかし、お嬢ちゃんと呼ばれるのは腹が立つ。

気が急くので、春菜は警察手帳を提示した。

「わたしが巡査部長の細川です」

「えっ……」

四角い顔の巡査長は絶句した。

「失礼しました。あんまりお若いんで、女子高生かと」

そんなことはどうでもいい。時計の針はどんどん進んでゆく。

「とにかく、この男は痴漢です。まだ、身柄を確保しただけで逮捕はしていません。相鉄本線急行横浜行きの車内で、わたしの臀部をさわりました。現行犯逮捕できる要件を備えています。わたし出勤途中なんで、あとはお願いします」

男を逮捕しなかったのは、春菜自身が逮捕した者になってしまうと、時間を食われるからである。

「そんなわけにはいきませんよ。きちんと被害者供述調書を取らないで逮捕なんてできません」

巡査長は口を尖らせた。

「えー、あと一五分で電車に乗らないと遅刻しちゃうんです」

「海岸通りの本部まではけっこう時間が掛かりますからね」

巡査長は平気の平左である。

「異動なんですよ。今日から刑事部なんです。初日から遅刻できないでしょ?」

春菜は懸命に訴えた。

「それは大変ですね。でも、供述調書は取らせて頂きますよ」

にべもない調子で巡査長は言った。

「おい、被疑者を拘束しろ」

巡査長が指示すると、もう一人の若い巡査が痴漢男に手錠を掛けた。

痴漢男は一瞬、びくっと身体を震わせたが、それ以上の反応を見せなかった。

相変わらず無言の行である。

「じゃあ、細川さん、そこに座って下さい」

巡査長はパイプ椅子を指し示して、自分もどかっと座った。

手にしていた用箋挟から被害者供述調書の用紙を取り出すと、デスクの上にひろげた。

「まずは氏名ですね。お名前は？」

「細川春菜です」

あと一〇分で電車に乗らなければ、八時半には間に合わない。

春菜はつま先立ちでその場をくるくると廻りたい気分になった。

「あの……ちょっと電話を掛けさせてもらっていいですか」

「本部にですね。どうぞ」

巡査長はにこやかにうなずいた。

県警本部に掛けて刑事総務課の捜査指揮・支援センターの専門捜査支援班につないでもらった。

「お電話ありがとうございます、専門捜査支援班、大友です」

明るくさわやかな声が返ってきた。

こういう応対をするように指導は受けているが、実際に聞いたのは初めてだった。

「わたし、今日からそちらでお世話になる細川春菜と申します」

「ああ、江の島署から異動になった細川さん？」

「さっそくで恐縮なんですが、少し遅れそうなんです」

「すごい心臓！　マーベラス！」

皮肉っぽい声ではないが、むろん本気で言っているのではないだろう。

「いえ、そうじゃないんです」

「では、急なご病気？　持病の癪が、ってヤツですかな？」

なんだ、この変にかるいノリは？

「いえ、あの、通勤途中の電車内で痴漢を確保しまして」

「あれ、江の島署じゃなくって鉄道警察隊からの異動でしたっけ？」

からかわれているのだと気づいて、春菜はムッとした。

「そうじゃなくてっ。えーと、とにかくいま旭署さんに被害者供述調書取って頂いているので遅れますっ」

「末永く、お待ちしてるわよん」

奇妙な声で大友という男は電話を切った。

なんだか、とてつもない男が電話に出た。

これがエリート集団の一員なのだろうか。

被害者供述調書を録取されて、電車に乗ったのは一五分後だった。

痴漢男は旭署員によって逮捕された。

結局、八時四〇分に春菜は海岸通りの県警本部の前に辿り着いた。

雲は多いが、潮の香りを乗せたあたたかい春風が吹き渡っていた。

「やっぱり緊張するなぁ」

海岸通り沿いでもひときわ高い二〇階建ての本庁舎ビルは、のしかかるような威圧感で、春菜に迫ってきた。

だが、この白亜のビルの一一階が、今日から春菜の仕事場なのだ。

嫌でも毎日通わなければいけない新勤務先だった。

初日から遅刻する肩身の狭さと、さっき大友との電話で生じた違和感を抱えつつ、春菜はエレベーターに乗った。

一一階でドアが開いて、フロアに歩み出た春菜はいきなりめまいを覚えた。

広い。広すぎるのである。

どこまでもどこまでも続く白い天板のオフィスデスク。ずらっと並んでいる警察官たち。私服もいるし制服もいるが、何十人もの警察官が執務している。

フロアのあちこちで電話が鳴り響き、大勢の男女の話し声が聞こえる。

刑事総務課とは、なんて広いセクションなのだろう。

壁に掲示された係表示を頼りに、春菜は専門捜査支援班のセクションに辿り着いた。五基の机が島になって寄せられ、四つの席が埋まっている。

「いや、本当の話だよ。ルートヴィヒ・ヴィトゲンシュタインは思惟に疲れると、常に映画館に逃げ込んだんだ」

キツネに似た顔の男の声が聞こえる。

「それはわかる。しかし、子ども向けのアニメを見続けていたっていうのは訛伝ではないのか」

なんとなくイタチを思わせる男が答えた。

「そんなことはない。彼は自分を苦しめ続ける思索からの解放を、西部劇やアニメーション映画に求めたんだ。映画館に入ってホットドッグを片手に放心したようにスクリーンを眺め続けるヴィトゲンシュタインの目撃証言はたくさんある」

キツネ男が反駁した。

「常に疎外感と戦い続けた孤高の哲学者だから、さもありなんですよ」

タヌキに似た男が横から口を出した。

「彼の『命題は諸要素命題の真理関数である』って命題は、映画館を出たときに天から下りてきたって聞いたよ」

イタチのような顔の男がしたり顔で言った。

「いや、それこそ訛伝だ。いい加減なことを言ってはいけない。映画館のエピソードは『哲学探究』を執筆していた後期の話だ」

キツネ男が口を尖らせた。

三メートルくらい離れたところで、春菜は男たちをぼう然と見ていた。

声の掛けようがなかったのである。

そこは春菜にとって異空間だった。

ちょうど異星人の住む、どこかほかの惑星に漂着してしまった宇宙船の乗組員のような心境だった。

つまり自分は遭難者なのかもしれない……。

「あ、なにかご用ですか？」

いちばん奥の机で議論に加わらずに雑誌を読んでいた男が声を掛けてくれた。

三〇代終わりくらいのこの男が班長に違いない。

「遅刻して申し訳ありません。今日からお世話になる細川春菜です」

春菜は深々と頭を下げた。

「本当かい？　だって、経験六年の巡査部長だろ？」

班長らしき男は目を大きく見開いた。

「はい、わたしが細川です」

春菜はふたたび頭を下げた。

「かわいい子が入ってくれたね！　セ・ドゥ・ラ・シャンス！」

キツネ男が奇妙な声で叫んだ。

「マーベラス！　彼女は通勤途上で痴漢を確保してきたツワモノだよん」

イタチ男がはしゃぎ声を出した。

電話の相手の大友は、この男だったらしい。

「わたしが班長の赤松富祐だ。よろしく頼む」

赤松班長はあごを引いた。

「あの、異動申告はよろしいのですか？」

異動した際には「人事異動等に際して行う申告要領」に基づき所属長に対して異動申告をしなければならない。

巡査部長の所属長は、班長または係長であるから、春菜は赤松に対して異動申告をする必要があった。本部の班長の階級は警部補である。

「事件解決に役に立たないことは無駄だからね。それより諸君、紹介しよう。今日からこの班の一員となるべく悲しき運命を背負わされてきた刑事部一の不幸な女子、細川春菜くんだ。昨日までは江の島署生活安全課防犯少年三係にいた。だからって、みんな非行に走って補導されるんじゃないぞ」

班長からして、このふざけっぷりだ。

いったい、どういう班なのだろう。

「初めての本部勤務で不慣れなことだらけです。どうぞよろしくお願い申しあげます」

みたび春菜は頭を下げた。

「では、ほかのメンバーを紹介しよう。五十音順でいくぞ。まず、尼子隆久巡査部長は人文・社会学系の学者先生の担当だ」

「よろしく、いやぁ、なんていうセ・ドゥ・ラ・シャンス！」

キツネ男が叫んだ。

「よろしくお願いします。セ・ドゥ……ってどういう意味ですか？」

「いや、失敬。セ・ドゥ・ラ・シャンスはフランス語で『ツイてる』って意味だよ」

「あ、こちらへ異動することができて、わたしもセ・ドゥ・ラ・シャンス！　です」

尼子は片目をつぶった。

「続いて大友正繁巡査部長。工学系の学者担当だ」

「マーベラス！　なかよくしてねん」

イタチ男が奇妙な声を出した。

やはりこの男が大友だった。

「よろしくお願いします」

大友は指をパチッと鳴らした。

「隣が葛西信史巡査部長。理・医・薬学系の学者と医師等の担当だ」

タヌキ男は頭を掻いて顔をくしゃくしゃにして笑った。

「僕も嬉しいですよ。まぁまぁ、よろしく」

タヌキ男はのんびりとした声を出してあいさつした。

「ありがとうございます」

班長以外は全員が三〇代なかばといったところか。

「ちなみにわたしは、経済・経営・法学系の学者先生を担当している。まぁ、そこに座って」

赤松班長は空いている席を指さした。

春菜はとりあえずは自席に着いた。

遅刻しても嫌な顔ひとつされないところはありがたい。

しかし、この専門捜査支援班は、警察の組織としてなにかが決定的にズレている気がする。

春菜は不安を禁じ得なかった。

「あの……班長、わたしはどんな方を担当するんですか」

大切なことを聞いていなかった。

「安心しなさい。君には学者の担当はさせない。登録捜査協力員の担当だ」

赤松はにっこりほほえんだ。

「登録捜査協力員ってどんな人たちですか？」

「各分野の専門知識を持っている一般の人たちだ。要するに、一般の専門家だな」

「はぁ……どんな専門家なんですか？」

あまりよくわからない。

春菜は問いを重ねたが、赤松は素っ気ない調子で答えた。

「まぁ、抽象的な説明をしても意味がない。実際に協力員の人たちに会ってみればわかるよ」

詳しいことはなにも教えてくれそうにない。

「なるほど……」

春菜のとまどいの顔に気づいたのか、赤松は一冊のA４判の青い樹脂表紙のファイルを取り出してきた。

「これが登録捜査協力員の名簿だ。項目ごとに整理されているから、目を通しておきなさい。まずはそこからだ」

「わかりました」

ファイルを開いた春菜は息を呑んだ。

きちんとインデックスがつけられている。

問題はその項目だった。

なによ、これっ……と叫びたくなるのをグッとこらえた。

《アイドル》《アニメ・マンガ》《海の動物》《温泉》《カメラ・写真》《ゲーム》《建築物》《昆虫》《コンピュータ》《自動車》《植物》《鳥類》《鉄道》《特撮》《バイク》《哺乳類一般》《歴史》

まだまだ項目は並んでいる。

いったいどういう専門家なのだろう……。

春菜はしばらくぼう然と名簿を眺めていた。

そんなことをしている間に、同僚たちは次々に出張に出かけていった。

担当している学者のもとを訪ねるのであろう。

「じゃあ、このフロアを案内しようか」

一人残った赤松が、刑事総務課内の各セクションを廻って案内してくれた。

赤松もなかなか親切なところがある。

刑事総務課には、庶務係、企画係、指導係、国内共助係、手配係、捜査指揮・支援センターの各セクションがあるそうだ。それぞれの職務内容は追い追い覚えていけばよいとのことだった。

さらに、このフロアではないが、横浜市営地下鉄ブルーライン阪東橋駅近くの中村町分庁舎に刑事特別捜査隊が置かれているという話だ。

打合せ用の小会議室、印刷室、更衣室、休憩室、給湯室、倉庫などの場所も教えてもらった。

自席に戻ってすぐに、長身の私服姿の男が、専門捜査支援班の島に大股で近づいて来た。

「赤松、登録捜査協力員の担当者、替わったんだって？」

男はいきなり赤松に声を掛けた。

「浅野（あさの）さん、ラッキーですよ。あんなかわいい子なんですから」

赤松は浅野と呼ばれた男におもねるような口調で言った。

「彼女が例の……」

浅野は、興味深げに春菜の顔をじっと見た。

「そう、江の島署の防犯少年係で実績があって、うちに配転になったんですよ」

赤松はちょっと得意げに答えた。

「噂じゃ、少年とコミュニケーションを取るのが上手だそうだな」

「少年たちが親しみを感じる外見というか……さっきわたしも高校生くらいなのかと勘違いしましたから」

「なるほど、彼女の強力な武器だな」

「ええ、部長はそこをご評価なさったわけでしょうね」

赤松は笑みを浮かべてあごを引いた。

春菜抜きで会話が進んでいる。

しかし、雲の上の存在である刑事部長をはじめ、本部の人々が自分の噂をしているとは夢にも思わなかった。

かるく咳払いをすると、二人は気まずそうに口をつぐんだ。

「本日配属されました細川春菜です。よろしくお願いします」

春菜はきちんと頭を下げた。

「捜一強行七係の浅野だ。よろしくな」

浅野はにっと笑った。

「浅野康長警部補だ。わたしが加賀町署にいたときの先輩なんだよ」

赤松班長は掌を差し伸べて康長を紹介した。

「異動したてなのに悪いけどさ、細川に出動要請していいか？」

康長は顔の前でかるく手を合わせた。

「もちろんですよ。ご自由に。わたしはちょっと庶務係に行ってきますんで。失礼」

赤松は気取ったポーズで机から離れた。

「この班の連中、ちょっとイカれてるから大変だろうけど、頑張ってな」

含み笑いを浮かべて康長は言った。

康長のやさしい言葉に、春菜はジーンときた。

ようやくまともな男が現れたという気がした。

いや、異星空間で同じ地球人に会えたという感覚に近いかもしれない。

康長は赤松より若く見えるが、三〇代終わりか四〇代前半なのだろう。

がっしりとした四角っぽい輪郭に、大ぶりの目鼻立ちをしている。

両の瞳と引き結ばれた唇が意志の強固さを感じさせる。

浅黒く眉も太くどこか南国風にも見えた。

なかなかのイケメンとも言えるが、女性のなかでは好き嫌いの分かれる顔立ちだろう。ちょっと暑苦しいと思う女性もいるかもしれない。

春菜としては、決して嫌いな顔立ちではなかった。

2

「どこか落ち着いて話せる場所ないかな。最悪、取調室でもいい」

春菜の目をまっすぐに見て、康長は言った。

「このフロアには取調室はないようですが、打合せ用の部屋があったはずです。狭いですけど」

「いいんだ、どんな場所でも。そこなら刑事の汗が染みついてる取調室よりはマシだろ？」

おどけた感じで眉をひょいと上げて、康長は笑った。

「あはは、ちょっと待ってて下さいね」

春菜は庶務係から戻った赤松班長に許可を得て、奥の打合せ用の小会議室に康長を連れていった。

会議用テーブルがふたつ隣り合わせに並べてあって、六脚のパイプ椅子があるだけの殺風景な部屋だった。

春菜は登録捜査協力員の名簿ファイルや筆記用具などを自分の机から持ち込んだ。

康長がパイプ椅子に座るのを待たずに、春菜は廊下の隅に置いてある給茶機に向かった。

かたわらのアルミ盆の上に伏せてあった紺地に水玉柄の茶碗に給茶機から煎茶を注いだ。

康長のところに持っていくと、茶碗に口をつけて一気に半分くらい飲んだ。

熱くないのだろうか、春菜はいくらか心配になった。

「悪いな、気を遣わせちゃって」

「正直、美味しくないですけどね」

春菜は苦笑しながら答えた。

課内見学のときに、赤松に奨められて一杯飲んだのだが、ひどいと思った。

おそらく競争入札で購入しているのだろうが、これは本当に煎茶なのだろうかというような味だった。江の島署ではもっとマシな茶を飲んでいた。

どこかの干し草を煮出したものではないかと疑わしくなる。

県警本部の建物はきれいだが、こういうところには県の予算のシビアさを感じざるを得なかった。

「そうか？　捜一の茶より美味いぞ。やっぱりエリートのいる場所は違うな」

まじめな顔で康長は言った。

むろん、冗談なのだろう。同じ刑事部で違う茶を出しているはずがない。と言うより、これより不味(まず)い茶など存在することすら疑わしい。

「そんなバカな……」

「あははは……バカ話はともかく、まずは事件の概要を聞いてくれ」

「お願いします」

春菜は手帳を開いて身を乗り出した。

「事件が起きたのは、先週の土曜、三月二八日の早朝。被害者は横浜市戸塚区川上町の県営川上団地に住む片桐元也(かたぎりもとや)さんという二九歳の会社員だ。住まいから一キロほど離れた戸塚区品濃(しなの)町の私道脇の空き地で死体として発見された。死体発見者は犬の散歩に来た近所の老人で、一一〇番通報が午前七時七分。機動捜査隊の戸塚分駐所の捜査員が午前七時二二分に現場到着(ゲンチャク)し、現場(ゲンジョウ)の状況から殺人事件と考えて捜査を開始した。その後、臨場した刑事調査官が被害者は紐状のもので絞殺されたと判断し、午後二時に戸塚署に特捜本部が立った。すでに事件のかいつまんだ経緯と被害者名は報道されている」

メモも見ずに一気に話す康長は、事件のことはすっかり頭に入っているらしい。精鋭ぞろいの捜査一課の主任クラスだけあって、きっと優秀な刑事なのだろう。

刑事調査官は、不自然死の疑いがあるときに現場に駆けつけて死体を見分し、事故か事件かを判断する。法医学を学んだベテランの警視か警部が就く職種で、俗に検視官とも呼ばれている。

康長は茶を一口飲んで、説明を続けた。

「司法解剖の結果、死因は窒息死。死亡推定時刻は当日の午前三時から午前七時頃とされた」

「時間的には、けっこう幅がありますね」

「うん、殺害前の被害者の行動が不明で、夕食をとった時刻などもわかっていない。胃の内容物の消化状況などからは、あまり詳しい経過時間は割り出されなかったらしい。ちなみに、これが被害者の片桐さんだ」

康長はかたわらに置いてあったタブレットの画面を春菜に見せた。

運転免許証の写真をスキャンしたものだった。

痩せた顔の男が写っている。髪が薄めで目が細くて口もとが少し尖っている。

あまり風采のすぐれたタイプとは言えない。免許写真だからか表情も硬く、どことなくネズミを連想させる顔立ちだった。

「片桐さんは、西区に本社のある中規模の通信ケーブルメーカー《横浜電送》大船営業所の営業マンだった。死体のそばにあったデイパックからはカード類と現金の入った財布も発見されている」

「金品目当ての犯行ではないのですね」

康長はうなずいて言葉を続けた。

「そうだ。物盗りの仕業ではないと考えて、特捜本部でも怨恨の線で捜査を進めている。片桐さんの会社関係と交友関係を中心に鑑(カン)を取っているが、いまのところ、有力な情報は得られていない」

康長は渋い顔つきで言った。

鑑取り、または識鑑とは被害者などの人間関係を中心とした聞き込み捜査を指す。刑事でない春菜にはあまりなじみのない言葉だった。

「死体発見現場は道路脇の空き地なんですよね、目撃者はいなかったんですか」

「地取りもうまくいっていない」

康長は冴えない顔で首を振った。

現場付近で不審者の目撃情報や、被害者と争う声など、事件の手がかりとなる情報を聞きまわる捜査を地取りという。これまた生活安全課ではあまり聞かない言葉だった。

「殺害の現場は、住宅地のなかを通る崖っぷちの道路だ。軽自動車がやっと通れるような細い道なんだ。おまけに現場から数十メートル地点で行き止まりでね。最後の数メートルは軽自動車も通れない。ごく少数の近隣住民以外には通行人もいない場所なんだよ」

「夜中から早朝といった時間帯に、被害者の片桐さんはいったい何の用でそんな淋しいところに行ったんですか」

「現場のすぐ真下に、東海道線の清水谷戸トンネルってのがあってね。電車を撮影するのにいい場所なんだそうだ。いわゆる《撮り鉄》が集まるポイントなんだな」

「すみません、トリテツってなんですか」

初めて聞いた言葉だった。

「鉄チャンのなかで、列車の写真を撮ることを趣味としている人たちだよ」

「ああ、鉄道が趣味の人たちなんですね」

春菜はあいまいに答えた。

世の中に鉄道を趣味とする人々がいることは知っている。だが、春菜に詳しい知識があるはずもなかった。

康長は一瞬黙って春菜の顔を見つめた。

「そうだよなぁ、赤松班長は、経済・経営・法学系の学者を担当してるんで、そういった方面に詳しい。たとえば、葛西は理・医・薬学系の学者と医師の担当だから、俺なんかの知らない病気や薬のことなんかよく知ってる。だけど、細川はヲタクの担当だから、鉄チャンのことなんか詳しくは……」

「まったく知りません」

春菜は言葉を遮って即答した。

「知るわけないよなぁ」

康長は気の毒そうな表情を浮かべた。

自分はもしかすると各分野の「ヲタク」担当なのか。

春菜の胸に不安が湧き起こった。

登録捜査協力員ファイルの項目が頭に蘇る。

《アイドル》《アニメ・マンガ》《温泉》《海の動物》《カメラ・写真》《ゲーム》《建築物》《昆虫》《コンピュータ》《自動車》《植物》《鳥類》《鉄道》《特撮》《バイク》《哺乳類一般》《歴史》

どの分野についても詳しい知識などほとんど持っていなかった。

それぞれの分野のヲタクとなれば、変人も多いのではないだろうか。

しかし、なぜ自分がこの担当者に選ばれたのだろう。

「そうですよ、わたしが担当している登録捜査協力員の方々は分野が広いですし、特殊すぎます」

「だよなぁ、前の担当もそれで……」

ハッと気づいたように、康長は不自然に口をつぐんだ。

「前任者の石川さんは、どうなさったんですか」

春菜は詰め寄った。

「い、いや……よくは知らない」

康長の目がうろうろと落ち着かなく左右に小さく動いている。

「あの……浅野さん、刑事のくせに嘘が下手ですね」

「なんだよ、藪から棒に」

「目が泳いでますよ」

「刑事はね、被疑者の嘘を見抜く仕事だ。自分が嘘をつく仕事じゃない」

にやっと康長は笑った。

「本当のことを話して下さい」

「なんか、病んじゃって警官辞めちゃったらしい。噂じゃ、いまはフィリピンのセブ島にいるそうだ」

「国外逃亡したんですか」

春菜は驚きの声を上げた。

「いや、転地療養だろ」

康長はとぼけた笑いを浮かべた。

どっちにしても同じことだ。

「要するに、この班の仕事が原因なんですね」

赤松班長が春菜の担当職務を詳しく説明しなかった理由がわかった。

春菜にいきなり逃げ出されては困るとでも思ったのだろうか。

「俺はよその人間だから、詳しいことは知らないよ。いまは元気らしい。それ以上のことは赤松に訊いてくれ」

顔の前で康長はせわしなく手を振った。

「班長は話してくれないんです」

「じゃあ、見ぬもの清しってことにしとけよ」

康長は冗談なのか本気なのかわからないような口調で言った。

「そんなぁ……わたし不安なんです」

春菜は情けない声を出してしまった。

「細川の不安を聞きに来たんじゃないぞ。いまは事件の話だ」

康長はわざとらしく睨む顔つきを作った。

「あ、ごめんなさい」

春菜の頬は熱くなった。

自分は初対面の人間になんという情けない愚痴をこぼしているのだろう。

しかも、康長は殺人事件の話で、ここに来ているのだ。

だが、どこか弱みをさらけ出せるような雰囲気が、康長という男にはあった。

「どこまで話したかな……ああ、《撮り鉄》ってのは鉄道の写真を撮ることを趣味にしている連中だ。で、現場(ゲンジョウ)は、《撮り鉄》がときどき集まってくる場所なんだ」

康長はタブレットを掲げて、現場の地図や幾枚かの写真を見せた。

死体はなかったが、アルファベットや数字の鑑識標識が写り込んでいる。

現場は住宅もまばらで、畑も見えるのどかな場所だった。

家々が建ち並んでいる東海道線の沿線とはとても思えない。

だが、江の島署から県警本部に用務で出かけたときに、春菜は何度かこの路線を使っている。横浜駅と戸塚駅の間には、おもいのほかたくさんの林や畑があることを知っていた。

「こんな場所に、《撮り鉄》っていう人たちは集まるんですね」

春菜も横浜駅などで、ホームの端にカメラを持った人たちが鈴生(すずな)りになっている光景を目撃したことがあった。だが、こんな不便な場所でも撮影する人たちがいることに意外の感を持った。

「この清水谷戸トンネルってのは、現役の鉄道トンネルとしては日本最古のものだそうだ。上りのほうがちょっと古くて一八八七年、つまり明治二〇年に完成したんだってな。それで、こういう感じの写真を撮るらしいんだ」

康長はタブレットをタップすると、別の写真を見せた。

ふたつ並んでいるトンネルの右側から、よく見かける東海道線の電車が出てくるところが写っていた。

トンネルポータルがレンガなので、なんとなく雰囲気がある。

「なるほどぉ、わかりました」

こうした写真を撮る趣味があることは、春菜にも理解できた。

「死体発見現場の付近にはさっき言ったデイパックのほかに、望遠レンズをつけた高級一眼レフカメラ、カメラ用三脚類、アルミ製の脚立、ICレコーダーなどが残存していた。カメラとICレコーダーを取り付けた三脚は犯行時に争ったショックのためか、両方とも倒れていた」

「つまり、片桐さんは、電車の写真を撮りに行ったところを襲われたんですね」

「現場の状況からはそうとしか思えない。早朝なので、ほかに《撮り鉄》は来ていなかったのだろう。実はいまの写真は、片桐さんが別の日に死体発見現場から撮影して、ブログにアップしている一枚だ。ブログはこれだよ」

康長が見せたのは、大手ブログサービスであるヨメーバのブログだった。

「《モトちゃんの撮り鉄的日乗》ですか……」

画面を見ながら春菜はつぶやいた。

いいセンスのタイトルとは思えない。

「このブログは、《撮り鉄》たちの間ではかなり人気があるらしい。毎日のアクセスは数千件もある。ただ、コメント欄は閉じられているので、訪問者の発言などは残されていない」

康長はタブレットを春菜に渡した。

トップページを飾るのは、みずみずしい青田を前景に快走するブルートレインだった。

機関車の鼻先に飾られた丸いマークには、金色の星が描かれ《北斗星》とある。

子どもの頃に、高岡（たかおか）駅で何度か見かけた寝台列車に似ていた。だが、この列車は機関車が青色だった。記憶に残っているのは赤い機関車だった。

写真の下には「寝台特急《北斗星》（東大宮～蓮田）２０１５年7月25日」とあった。

五年近く前の写真なので、自慢の一枚なのだろう。

どうやら、モトちゃんは埼玉県あたりまで、撮影に出かけるようだ。

「そこの三角形のボタンがあるだろ。タップしてみ」

たしかに▶のボタンがあった。

タップすると、いきなり、ガタンゴトンという音が流れた。

春菜はあわてて止めた。

「うわ、音つきですか」

「そうなんだ。片桐さんは写真を撮りながら、列車の走行音を録音してこのブログにアップしてたんだよ」

「動画にすればいいのに」

「それは個人の趣味だからね。動画より、一瞬のシャッターチャンスを狙いたいタイプだったんじゃないのか。実はこの録音が重要な証拠になってるんだ。タブレット返して」

春菜からタブレットを受け取った康長が画面をタップすると、別の音声がスタートした。

遠くから列車の走行音が近づいて来る。

また同じようなブログの音声だろうか。

だが、次の瞬間、春菜の身体はこわばった。

〈なにを……うっ……〉

言葉が途切れた。

〈ぐおおおっ〉

男の苦しそうなうめき声が聞こえる。

電車の走行音がさらに近づく。

続いて、ドサッという音が響いた。

その直後に一切の音が途絶えた。

「これって……」

春菜は絶句した。

康長は表情を曇らせてうなずいた。

「片桐さんが殺害された状況がリアルタイムに録音されていたんだ。この音声データはコピーしたものだが、もとの録音は現場に倒れていた小型三脚に固定されたＩＣレコーダーに記録されていた。おそらく、殺害時に三脚が倒れたショックでストップボタンが押されたのだろう。この後は記録されていない。残念ながら、もとの音声ファイルには録音された時刻のデータは残っていなかった」

「生々しすぎますよ」

春菜はうそ寒い声を出した。

いままでの所属では殺人事件など扱ったことはない。まして、殺害時のリアルな録音など、あまり存在しない証拠物件だ。

「犯人は録音されていることに気づかなかったか、気づいたとしても、現場から逃げるのに必死で、ICレコーダーを持ち去る余裕がなかったのだと推察される。だが、この録音だけでは、犯人を特定することにはつながらない」

「犯人の声が入っているわけじゃありませんからね」

「たしかにそうなんだが、犯行時刻はわりあいはっきりするんだ」

「どうしてですか」

「殺害される直前に電車の音が入っている。現在、科捜研で解析しているが、この列車が通過したときが犯行時刻ってことになるじゃないか」

「なるほど、そういうことになりますね」

春菜は納得してうなずいた。

「これを見てくれ」

康長はふたたび片桐のブログを見せた。

「写真がありませんね」

「記事を読んでみてくれ」

――灯台もと暗しでいままで撮ってなかったが、早朝の清水谷戸トンネルで５０３２Ｍ撮るのむずかしい。惨敗。見事な被写体ブレ。右手の山の蔭になって陽が入らない。ＩＳＯ上げると、画像荒れるし、リベンジだな。

三月一三日金曜日の投稿だった。

「ＩＳＯってカメラの感度のことですよね。５０３２Ｍってなんですか」

文脈からすると列車の番号なのだろうが、いったいなんの列車だろう。

「上りの《サンライズ出雲・瀬戸》のことだ」

「へぇ、そんな列車があるんですか」

「ちょっと調べたけど、サンライズ出雲は出雲市駅から東京駅間を、瀬戸は高松駅から東京駅間を一日一往復で運行している定期列車の寝台特急だ。上りは山陰の島根県からやって来た出雲と、四国の香川県からやって来た瀬戸が岡山駅で連結されて東京へ向かうんだ。下りはもちろんこの逆だ。これはウィキペディアの写真だけど」

康長は、ベージュ色と赤っぽい色に塗り分けられた特徴ある電車の写真を見せた。先頭車輛には太陽をかたどったような赤いマークが描かれ、“SUNRISE EXPRESS”と金文字が輝いている。四つの丸いヘッドライトが車体の下のほうで光っている。

「あ、横浜駅で見たことあります」

飲み会で遅くなったときに、横浜駅のホームに停まるのを見た覚えがあった。

「それは下りだな。片桐さんは上りの東京行きを狙っていたようだ。つまりトンネルに入っていった列車の最後尾を撮ろうとしたんだな」

「なるほど最古のトンネルですもんね」

変わったかたちの電車だし、レンガのトンネルと写せば、おもしろい写真が撮れるかもしれない。

「この電車は横浜駅に午前六時四四分に到着する。現場付近を通過するのは六時三五分頃だろう。さっきの録音に出てくる走行音は、上りの《サンライズ出雲・瀬戸》だと考えて間違いない。とすれば、犯行時刻は六時三五分頃ということになる」

「三月一三日のブログにリベンジって書いてありますからね」

「うん、この列車は、いまや日本で唯一の寝台列車なんだ」

「でも、豪華寝台列車の《四季島》《ななつ星》とかあるじゃないですか」

すごい人気だと聞くが、春菜はもちろん乗ったことはなかった。

「ああいう周遊型のクルーズトレインは流行(はや)ってるよね。だけど、定期列車としては、これだけらしい。近くに住んでいる片桐さんが撮っていなかったら悔しかっただろう」

康長は残っていた茶を飲み干した。

春菜は《モトちゃんの撮り鉄的日乗》のページをいくつか見てみた。ほとんどが列車の写真で、なかには夜に撮影した写真もあった。

そのほかには駐車場に停めた自分のクルマやバイクの写真くらいしか掲載されていなかった。クルマは軽自動車のミニバンでバイクは中型らしかった。どちらも写真撮影に出かける前のものと思われ、「いざ、出陣でござる！」「今日も撮り鉄！」などというキャプションが躍っていた。

事件の概要はわかった。

会社員の片桐元也は、戸塚区品濃町の東海道線清水谷戸トンネルを通る《サンライズ出雲・瀬戸》を、撮り鉄趣味のため三月二八日の早朝に撮影しようとしていた。午前六時三五分頃に列車が来た時点で何者かによって絞殺されたのだ。

手帳に書いた断片的なメモを見ながら春菜は確認した。

しかし、康長がなんのために、専門捜査支援班に協力を求めてきたのかはよくわからなかった。

「それで……。浅野さんは、なぜわたしのところに見えたんですか」

康長は大きくうなずいて口を開いた。

「ふたつある。ひとつは細川に鉄チャンの登録捜査協力員に会って情報収集をしてほしいんだ」

「どんな情報を集めればいいんですか」

「片桐さんは、ブログのおかげで鉄チャン仲間の間では有名人だったはずだ。今回の事件に関連しそうなどんな情報でもいいから集めてほしい」

春菜の目をまっすぐに見つめて、康長は言った。

「鉄道関係の登録捜査協力員に会えばいいんですね」

康長はあごを引くと、タブレットを掲げた。

「もうひとつはこれだ」

開いた状態の手帳の写真が写っていた。

手帳にはいくつかの数字が書き散らしてあった。

「ネギチャーシュー麺900」とか、「バッテリー5200」などと書いてある。

どうやら、使ったお金などを手帳に記録していたようだ。

最後に奇妙な言葉が残っていた。

イルカモドキと書かれて、その文字を×印で大きく消してある。

「もしかして、このイルカモドキですか？」

「そうだ、まったく意味がわからない。調べてみたが、そんな動物は存在しない。鉄チャンなら知っている言葉かもしれない。このイルカモドキがなにを示しているのかも調べてほしいんだ」

　康長はディスプレイを指さした。

「わかりました」

　これが刑事部でのわたしの初仕事なんだ、と思いつつも不安は消えなかった。

「どうした？　そんなに浮かない顔をして」

　さすがに刑事だ。隠したつもりでもすぐにバレてしまった。

「こんなことを言ってはいけないと思いますが……」

　春菜が言い淀むと、康長は身を乗り出した。

「遠慮しないで、言いたいことがあったら言えよ」

　康長の言葉に背中を押されるように春菜は口を開いた。

「今回の事件は、わたしの刑事部での初仕事なんです。登録捜査協力員の方々にもまだ一人も会ったことがありません。まして鉄道のことなどまったく知識がなくて……」

「じゃあ、どの分野なら得意なの？　アイドル？　アニメ？」

康長はちょっと意地悪な目つきをした。

春菜は高校時代はチアリーディング部に入っていた。小柄な体格を活かして二年生からはトップポジションを担っていた。身体能力は高いほうだが、チアリーディングに関係のあるヲタクというのは想像できない。中学のときはバトントワリング部だったが、これまたヲタク的な趣味とは言えない。

そのほかには、お菓子作りがちょっと得意なこと、食べること、音楽を聴くのと小説を読むのが好きなこと……。

いずれにしても、のめり込んでいるような趣味はなかった。

「どの分野も、ヲタクの人たちと会話をできるような知識は持っていません」

正直に言うしかなかった。

「わかった。じゃあ頼まないよ」

康長は口を尖らせた。

「いえ、仕事ですから、そんなの困ります。自信がないって気持ちを言っただけです」

春菜は大あわてで、顔の前で手を振った。

「ウソウソ。特捜本部に戻って『細川巡査部長が気が進まないって言うんで、あきらめました』なんて報告できるわけないだろ。俺も一緒に行くよ」

一転して康長はいたずらっぽい笑みを浮かべた。

「はぁ？」

春菜には、康長の言っている言葉の意味がわからなかった。

「鉄チャンのところに俺も一緒に行く。この班のほかの連中は、学者が担当だから一人で行っても問題ない。だけど、一般人の捜査協力員のところに、細川を一人で行かせるのもいろいろと危険がある。前の石川は若い男だったけど、このポストに女性を一人でつけるなんて上のほうもなにを考えているのかと思うよ。刑事は二人ひと組で聞き込みに廻るんだ。それと同じように考えればいいんだよ」

康長が一緒に行ってくれれば助かる。たとえ、一回だけでもこの班の仕事を経験すれば、二回目からはずっと楽になるに違いない。

だが、特捜本部が立っているのに、そんな勝手が許されるのだろうか。

「特捜本部は大丈夫なんですか」

「俺は今回の特捜本部（チョウバ）では予備班だ。つまり、遊軍なんだよ。だから、捜査会議で鉄チャンに話を聞きに行こうとなったときに俺が立候補した」

「そうだったんですか」

最初から一緒に行くつもりで、康長はここへ来たのだ。

「捜査主任は一課長なんだけど、ちゃんと許可は取ってある。心配すんな」

ホッとした。特捜本部ともなると本部長は刑事部長となることが多い。だが、恐ろしく多忙でほとんど不在なので、実質的な捜査指揮は捜査主任がとる。

捜査主任がOKしてくれているのなら、春菜が心配することはなにもなかった。

「ありがたいです。本当に助かります」

　春菜は手を合わせた。

「会ってくれる登録捜査協力員がいるのなら、これからでも出かけたいのだが」

「わかりました。鉄道関係の登録捜査協力員に電話してみます」

　春菜は登録捜査協力員名簿を開いた。

鉄道項目のページに載っていたのは、すべて男性だった。金森近雄、武井要介、三好慶一、村上義伸の四名である。

　雀の涙の報酬しか支給されず、限りなくボランティアに近い仕事なので、応募が少ないと、課内を案内してくれたときに赤松班長が言っていた。

　氏名のほかに、住所と電話番号、生年月日が書いてある。さらに金森の欄には大学生・横浜法科大学法学部と記され、ほかの三人については勤務先の会社名等が記されていた。

　だが、それ以上の詳しいプロフィールは記載されていなかった。

名簿にはメモ欄もあったが、空白だった。

部屋の隅にある電話機から、春菜は彼らに電話を掛けることにした。

金森の番号は携帯のものだった。

七回目のコールで、若いが元気のない高めの声が返ってきた。

「はい」

「あの、金森近雄さんの携帯でしょうか」

「そうです」

愛想のない声が続いた。

「神奈川県警察刑事部の者ですが……」

「番号を登録してあるのでわかります」

春菜の言葉を遮るように金森は答えた。

「わたくし、細川と申します。登録捜査協力員の金森さんに捜査協力のお願いがあってお電話しています」

丁重な言葉を選んで春菜は語りかけた。

「捜査に協力できるんですね」

金森の声が弾んだ。

「はい、鉄道についてお話を伺いたいことがありまして」

「どこへ行けばいいですか」

身を乗り出す金森の姿が見えるような気がした。

基本はこちらから訪ねてゆくべきだと思っていたが、待ち合わせられる場所があればありがたい。できるだけ早く有益な情報を特捜本部に届けたい。

「金森さんは、いまどちらにいらっしゃいますか」

「横浜駅の近くにいます」

「では、横浜駅まで参りますので、三〇分ほどお待ち頂いてもいいでしょうか」

「もちろんです。本屋で時間つぶしてますから、問題ありません」

「では、横浜駅の中央南改札のところで、一〇時三〇分でよろしいでしょうか」

「はい、僕は『鉄道ピクトリアル』って雑誌を持っています」

そんなマニアックな雑誌なら、ほかの人とかぶることはないだろう。

「わたし黒のスーツを着ています。男性と一緒です」

「わかりました。じゃ、一〇時三〇分に中央南改札で」

あわてたように電話は切れた。

「横浜駅だね」

康長は立ち上がろうとしたが、春菜は手で制した。

「ほかの捜査協力員さんにも電話掛けてみます」

康長はうなずいて退室した。

日本大通り駅までは五分だし、横浜駅までは二〇分もあれば行ける。

次に電話をかけたのは三好だった。勤め先は藤沢市内なので、夕方の午後五時半過ぎなら藤沢駅に行けるという話だった。

武井とは明日の夜七時に横浜で待ち合わせる約束を取り付けた。

村上は電話に出なかったので、留守録にこちらの用件を吹き込んでおいた。

名簿には勤務先として、横浜市内にある県立高校が書いてあった。村上は高校の先生らしい。

康長は本事件に関係する資料を春菜のタブレットに転送してくれた。ゆっくり見ている時間はなかったが、春菜はざっと目を通した。

茶碗を片づけて荷物をまとめると春菜は会議室を出た。

康長は赤松班長の机のかたわらに立って談笑していた。

ほかの班員たちは、それぞれの出張先から帰ってきていないようで留守だった。

「細川、さっそく聞き込みか」

赤松は機嫌のよい声を出した。

だが、康長を意識したものなのかもしれなかった。

「ええ、横浜駅まで行ってきます」

「そうか、ご苦労さん。帰りは何時頃だ？」

「聞き込み先が二件あるんだ。現場も見せときたいので、直帰になるかもしれないよ」

横から康長が口を出した。

赤松は微妙な顔つきを見せたが、異論を唱えなかった。

「現場百遍、刑事のおきてってヤツですね」

言い方からして、赤松は刑事畑出身ではなさそうだ。

「そういうわけでもないが、まぁ捜査効率ってヤツだな」

康長はとぼけた笑いで答えた。

ちょっとゆるやかな気がしたが、五時半から藤沢で三好と会わなければならないのだから、どうせ残業だ。いちいち、海岸通りの本部まで戻ってくるのもエネルギーと時間の無駄だ。

江の島署にいた頃には、行動範囲が限られていたので、まず直帰はなかった。

本部勤務となると、全県を股に掛けて動かなければならなくなる。

たまたま今日は横浜と藤沢で済んだが、場合によっては三浦半島やら箱根やらにも出張しなければならなくなる。直行直帰も少なくないだろう。

いずれにしても、働き方が大きく変わってくるはずだ。

本部に異動したことを、春菜は初日から実感していた。

康長とともに横浜駅に向かうみなとみらい線の車中で、春菜はこれから会う登録捜査協力員たちのことに思いを巡らせた。

それぞれ鉄道に関する専門知識を持っているであろうヲタク担当が、はたして自分につとまるのだろうか。

春菜の不安は消えなかった。

（でも、世の中から不正義をなくすために働く仕事に変わりはないんだ）

春菜の脳裏に小学校五年生のときの忘れられない記憶が蘇った。

幼い頃からずっと背が低かった。小学校で整列するときも一年生の頃から春菜は「先頭さん」だった。

五年生になってクラス替えがあって、田村清志（たむらきよし）という図体の大きい男子と同級生になった。

ガキ大将タイプというのか、清志はいつもクラスの男の子たちを従えていた。

朝登校して顔を見るなり、清志はすぐに春菜を指さして「ミニ子」とか「豆子」と呼んでからかってきた。

「どうしたが？　五年なのに、なんでミニ子がいるのけ？」

言いたいことはわかっているので、春菜は相手にしなかった。

「一年生は一階ちゃ」

清志が笑うと、取り巻きたちがいっせいにはやし立てた。

「そやちゃ、一階行け」

こんな風にからんでくることもあった。

それでも春菜は堪えた。

清志がバカなのだから仕方がないと、聞き流すように努力していた。

黙っていると、清志はどんどん図に乗ってきた。

夏休み前のある日のことだった。

セミの声が近くの林から響いてくる放課後、清志がいきなり挑発してきた。

「おい、ミニミニミニ子、おまんち旅館がやろ？」

春菜の家は庄川のほとりに建つ小さな温泉旅館だった。

清志はどうせロクなことを言わない。

春菜は無視した。

だが、続けて清志はガマンできない言葉を叩きつけてきた。

鉄道ファンに特定のイメージがなかった春菜だったが、金森は一見したところ、変わった人物のようには思えなかった。

「お忙しいところありがとうございます」

春菜と康長はそろって頭を下げた。

「いや、今日はまだ講義が始まってないんで、横浜で買い物なんかをするつもりだったんです。ちょうどよかったですよ」

金森は機嫌のよい笑みを浮かべた。

康長が目顔で名乗れと言っているので、春菜は仕方なく口を開いた。

「県警刑事部の細川です」

「同じく浅野です」

通常は階級が上である警察官が先に名乗るのだが、康長は付き添いのつもりらしい。

「あの……細川さんって、本当に警察官なんですか」

疑わしげな声で金森は訊いた。

この手の質問には慣れている。

「はい、捜査指揮・支援センターの専門捜査支援班で登録捜査協力員の皆さまの担当をしています」

まだ名刺ができていないので、部署は口頭で告げるしかなかった。

「僕よりずっと年下に見えます……高校生くらいに」

金森はじっと春菜の顔を見つめた。

「よく言われるんですが、いちおう経験は六年です」

春菜は胸を張った。

「そうなんですか……アニメ声だし……電話掛かってきたときも、ちょっと疑っちゃいました」

「それで、金森さん、どこかぎこちなくお話しになっていたんですね」

「はぁ……失礼なこと言ってすみませんでした」

恐縮しきって素直に頭を下げる金森に、春菜は噴き出しそうになった。

「あ、気にしないで下さい。若く見られて嫌なことはありませんから」

春菜は顔の前で手を振った。

実はそうでもないのだが、金森に話すようなことではない。

こういった仕事が初めての春菜のために、みなとみらい線の数分間で、康長が注意事項を教えてくれた。最初は守秘義務の徹底である。

「最初にお願いなんですが、あなたにこれからお話しする事件の概要については、ほかの人には決して話さないで下さい」

　威圧的にならないように、できるだけやわらかい声音を春菜は選んだ。

　だが、告げるべきことはきちんと告げなければならない。

「あ、知ってますよ。職務上知り得た秘密ですよね。守秘義務に違反すると、刑法第一三四条の《秘密漏示罪》に問われますよね」

　金森は得意げに鼻をうごめかした。

　話が早くて済みそうだ。

「さすがに法学部の学生さんですね。でも、それは弁護士さんやお医者さんなどに対する規定です。金森さんは捜査協力員の職務についている間は、非常勤特別職の地方公務員として扱われます。地方公務員法第三四条第一項では『職員は、職務上知り得た秘密を漏らしてはならない。その職を退いた後も、また、同様とする』と規定されています」

　地公法のこの条文は覚えていた。

「なるほど、そっちですか。当然、罰則規定もあるんですよね」

「ええ、違反者は最高一年の懲役か、五〇万円以下の罰金に処せられます」

「やっぱり厳しいんですね」

　いささか緊張した口調で金森は答えた。

「特別職の金森さんにはこの規定は適用されません。でも、罰則規定があるのと同じように、ここで聞いたことをほかで口外しないと約束して下さい」

春菜は金森の目をまっすぐに見てしっかりと告げた。

「絶対に漏らしたりはしませんので大丈夫ですよ」

金森はきっぱりと言い切った。

その言葉を信じたとしても、事件に関する情報から、必要な部分だけを慎重に選び出して伝えていかなければならない。

「実は、鉄道ファンの二九歳の会社員の男性が三月二八日の早朝に横浜市内で殺害されました。清水谷戸トンネルってご存じですか」

「ええ、東海道線の横浜駅と戸塚駅の間にある日本最古のトンネルですよね」

当然ながらと言うべきか、金森はなんでもないことのように答えた。

「被害者の片桐さんは、清水谷戸トンネルを見おろす路上で、電車を写真撮影中に殺害されたと思われるのです」

すでに被害者名は報道されているので口に出しても差し支えがなかった。

「ああ、そう言えば、マスメディアで報道されていましたね。ネットニュースで見ました」

得心がいったように金森はうなずいた。

「片桐さんは《横浜電送》という会社の営業マンでした。その事件について、金森さんにご意見を伺いたくてお時間を頂きました」

かたわらで康長もうなずいた。

「被害者は《撮り鉄》の人ってわけですね」

「そうです。金森さんは違うんですか」

春菜の言葉に、金森は眉間に縦じわを寄せて不機嫌な顔つきになった。

「僕は違いますよ。鉄道ファンと一口に言っても、多岐にわたります。鉄道写真は好きですけど、プロが撮ったのを見るだけでじゅうぶんです。自分で撮りたいとは思いません」

いかにも心外だという調子で金森は答えた。

「じゃあ、電車の写真は撮らないんですね」

意外だったので、しつこいようだが念を押した。

「ええ、《撮り鉄》のなかには他人に迷惑を掛ける人もいるし……」

金森は眉を曇らせた。

「どんな迷惑を掛けるというのですか」

春菜の問いに、金森は厳しい顔つきに変わった。

「《撮り鉄》のなかでも一部の人だとは思いますが、営業時間外の駅構内や線路脇の私有地への無断立入とか、列車の運行に危険が生ずる場所への立入とか……列車を撮るために他人に迷惑を掛けても平気な人がいます。もっとひどいことをする人もいるんです」

金森は吐き捨てるように言った。

「いくら趣味のためとは言え、人に迷惑を掛けてはいけないですね」

「そういう人たちのせいで、僕たち善良な鉄道ファンまで白い目で見られることがある。困ったことです」

若いわりにはどこか老成した口ぶりで金森は答えた。

「ほかにはどんなジャンルがあるんですか」

「そうですね……まずは《乗り鉄》ですよ」

これはわかりやすい。

「電車に乗るのが趣味の人ですね」

ところが、金森は首を横に振った。

「いや、電車とは限りませんよ。気動車も客車列車も含まれますから……」

わからない言葉が出てきた。

「キドウシャってなんですか」

「現在の日本では、軽油を燃料とするディーゼルカーを指す言葉だと思えば、まず間違いないですね」

「はぁ、なるほどわかりました」

ディーゼルカーなら知っている。

春菜は自分の故郷を走っていたローカル線を思い出した。

「電車でも気動車でも客車列車でも、単に列車と言っておけば大丈夫です」

「すみません、鉄道のことってあんまりよくわからなくて」

「いや、いいんですよ。一般の人は、そのあたり区別できなくてふつうだから」

素人をいたわるような鷹揚な口調で金森は言った。

「もしかして、城端線とかそうですかね」

富山県では、北陸線は電車が走っているのだが、城端線の車輌はエンジンを廻し黒い排ガスを出している。それで非電化区間と知っていた。だが、毎日利用していたのに、気動車という言葉はいま初めて聞いた。

「そうです、そうです」

金森は嬉しそうに身を乗り出して言葉を継いだ。

「高岡と城端を結ぶ城端線は、明治三〇年に中越鉄道によって富山県初の鉄道路線として開業された歴史ある鉄道なのです」

「そ、そうなんですか」

知らなかった。単なるローカル線ではなかったのか。

「ええ、後に国有鉄道化されて、最初は中越線という名称でした。太平洋戦争をはじめ幾多の困難を経て現在まで走り続けています。二〇一五年の北陸新幹線開業に伴い、北陸本線の一部が第三セクター化されることになった影響で廃線になりそうだったんですけど、同じ高岡駅を起点とする氷見線とともに、JR西日本の線区としてしっかり残ってくれた素晴らしい路線です」

「よくそんなことをご存じですね」

「僕は過去に三回乗ったことがありますから」

金森は胸を張った。

「三回もですか」

春菜は驚きの声を上げた。観光地も少ないあのローカル線に三回も乗っているとは。

終点城端駅からは、合掌造りで有名な南砺市の五箇山から県境を越えて岐阜県白川郷へ行くバスが出てはいる。だが、利用客は多くはないと聞いている。春菜も世界遺産に登録されている五箇山と白川郷へはクルマで行ったことしかない。

「ええ、比較的乗りやすい線区なんです。雪景色も、チューリップ畑もよかったけど、夏の

「田園風景がよかったなぁ」

金森は歌うように言った。

同感である。エアコンの入っていない車輛で青田のなかを走るときに、車窓から入って来る稲田の匂いが好きだった。とくに部活で遅くなって夜に乗るときは、ムッとくるほどのイネの匂いに、なんとなく心が躍ったものだ。

「田園風景のなかを走るのって気持ちいいですもんね」

「ただの田園風景じゃありませんよ。城端線の沿線は日本では有数の散居村です。家々がまばらに建っていてカイニョという屋敷森に囲まれている風景は、ほかの路線ではあまり見られません。そもそも砺波平野に散居村が形成されたのは……」

金森は興に乗って喋り始めた。

だが、自分の故郷のことだ。散居村はそれぞれの農家がまわりの土地を拓いて米作りを行ってきた歴史に由来することくらいは知っている。

隣で康長が小さく貧乏ゆすりを始めた。

「でも、本数が少ないから城端線に乗るのは大変じゃないんですか」

ねじ曲げるように、春菜は無理に話題を転じた。

「たいしたことありませんよ。おおむね一時間に一本の全区間直通列車があります。地方交通線の盲腸線では多いほうです」

「盲腸線ってなんですか」

またわからない言葉が出てきた。

「正確な定義はありませんけど、起点や終点がほかの路線に接続していなくて行き止まりとなっていて、営業距離が短い路線を指します」

「たしかに、城端線は全区間乗ると片道一時間弱ですね」

わずかの間、金森は沈黙して春菜の目をじっと見た。

「あの……細川さんも鉄道がお好きなんですか」

金森はけげんな顔で訊いた。

「え、なんでですか？」

「城端線のことにすごくお詳しいですよね」

「あ、わたし、あの沿線の出身なんですよ」

「そうでしたか……」

金森はひるんだ。沿線の説明を始めたことをちょっと悔いているようだった。

「と言っても、城端線にただ乗ってただけなんで」

「あの沿線は、とてもいいところですね」

ちょっと頰を染めた金森の言葉はとってつけたように聞こえた。

「ありがとうございます。わたし庄川温泉郷の出身なんです」

「えーと、どこの駅で下車すると便利な温泉ですか」

春菜は悔しかった。三回も乗っているくせに、庄川温泉郷を知らないのだろうか。沿線でも随一の観光地だと自負している。

「砺波駅です」

「ほぼ中間地点ですね」

「ええ、高校生までは砺波市営バスで城端線の砺波駅に出て、終点高岡の高校に通っていたんです。バスは二時間に一本くらいしかないんですよ。家の近くのバス停から砺波駅まで二〇分くらいなんですけど」

「あ、僕はバスはあまり乗らないんです」

「そうなんですか。とにかく、通学にはいつも朱色のディーゼルカーに乗っていました」

「いいですよね。キハ40形とキハ47形……」

うっとりと金森は目を閉じた。

キハ40形とか47形とかいう形式なのか。思い返してみると、車内の上のほうなどにそんな番号が書いてあった気がする。

「ボロかったですけどね」

揺れるし音もうるさくて、小田急線やみなとみらい線とは段違いだった。

「キハ40形などを朱色五号に塗色した気動車が、青々とした田園地帯や漁村の続く海岸線を走るのは、典型的な日本の風景だと思うんですよ」

「朱色五号……ですか……」

見慣れたあの色の正式な名前か。

金森はかるくあごを引いた。

「最近は、ラッピング列車も増えてますが、僕はあまり好きじゃありません」

「ああ、城端線にも、なんだか派手な絵が描いてある列車が走ってますね。帰省したときに、そんな列車を見た覚えがあります」

ド派手な車体に驚いた覚えがある。

「そうです。城端線にも高岡市の観光大使をペイントした《あみたん娘列車》や、五箇山合掌造りなどの写真をあしらった《南砺号》などがありました。それから現在も《ベル・モンターニュ・エ・メール》がありますが、本来の魅力とは違う。やっぱり標準色がいちばんですよ」

「なんですか？　そのベルなんとかってのは？」

音の響きからするとフランス語だ。

「城端線と氷見線の両方で臨時列車として運行しています。フランス語で《美しい山と海》という意味です」

「城端線が山で、氷見線が海という意味ですね」

だが、なぜフランス語なのか……春菜には理解できなかった。

「その通りです。ふたつの地域の魅力を列車名にこめたものです」

金森はしたり顔でうなずいた。

康長の貧乏ゆすりが少し大きくなってきた。

故郷の話は楽しくないわけはないが、話が逸れすぎてしまった。

「なるほど、で、金森さんは《乗り鉄》なんですか」

「はい、そう言えると思います。JR北海道宗谷本線の稚内駅、同じく根室本線の東根室駅、松浦鉄道西九州線のたびら平戸口駅、JR九州指宿(いぶすき)枕崎線の西大山駅、すべて行っています」

金森は胸を張った。

「もしかして、日本の東西南北の端っこの駅ですか」

金森は我が意を得たりとばかりにうなずいた。

「そうです。沖縄都市モノレール線の開通によって、最西端は那覇空港駅、最南端は赤嶺駅に奪われてしまいました。近いうちに乗りに行きますが、那覇空港から簡単に乗れる路線なので、あんまり意味はないように思います」

「はぁ……」

「ちなみに松浦鉄道西九州線はかつてのJR九州松浦線が第三セクター化された路線です。JRでは佐世保駅が最西端になっています。もちろん、この駅にも行っています」

「あちこちの駅に行っていらっしゃるんですね」

「ええ……でも、僕は《駅鉄》ではありません」

「《駅鉄》というのがあるんですか」

「ええ、たとえば秘境駅などに行く趣味の鉄道ファンです」

「秘境駅ですか」

「外界からの道がなく、鉄道でしか行けない室蘭本線の小幌駅や大井川鐵道の尾盛駅などが典型でしょう。長野県の辰野駅から静岡県を通って愛知県の豊橋駅まで天竜川沿いに南下する飯田線には秘境駅がたくさんあります。小和田駅、田本駅、金野駅などは無人地帯です。中井侍駅と為栗駅には人家が一軒しかありません。また、宗谷本線の糠南駅には牧場とゲストハウスが一軒ずつあるだけです」

「なんでそんなところに駅があるんでしょうか」

春菜には理解できなかった。駅とは利用者がいるから作られるのではないか。

「まぁ、事情はいろいろのようですが、いずれもかなりの過疎地域ですから、駅ができたときに比べて人家がなくなったケースが多いんでしょうね。さっきも言いましたが、僕は《駅鉄》ではないので、駅の歴史などにはまったく詳しくないです」

金森は自信なげに言った。

「そうとは思えませんけど」

冗談ではない。秘境駅だけだって、すらすら出てくるではないか。

「ちょっとこれを見て下さい」

金森はタブレットを取り出しタップして日本地図を掲げた。

春菜と康長は、そろって画面を覗き込んだ。

全国の鉄道路線図のようだが、ほとんどが真っ赤に染まっている。

「うわっ、この赤いのは乗った路線なんですか」

「ええ、関東とか静岡や山梨みたいに日帰りできるところは中学生のときから始めています。まだまだ全線にはとっても届かないけど、北海道から九州まで幹線はぜんぶ乗ったし、地方交通線もかなりつぶしていますす。秘境駅もずいぶん停車してはいますが、《駅鉄》のように下車しません。たとえば、飯田線なんて昼間は三時間くらい電車が来ませんから」

「それじゃあ、さっきの秘境駅にすべて降りようとしたら……」

「とうぜん、一日では無理ですね。僕はできるだけ長く列車に乗っていたいので、そういうことはしません」

「金森さんは列車に乗ること自体がお好きなのですね」

やはり話題は逸れていくが、春菜もある程度は興味があった。

「そうです。とくに普通列車に乗るのが好きです」

「いいですね。各駅停車の旅って」

イメージで言っただけで、春菜は各駅停車の旅の経験はなかった。

我ながら調子のよい答えだと思って、ちょっと恥ずかしくなった。

「新幹線や特急などの優等列車にはない魅力がたくさんあります。すべての駅に停まってゆくから風景をゆっくり見られるわけですし、乗客も地域の人が多くローカル色にあふれています。長く乗っていたいという気持ちが強いので、できるだけ長距離運行される列車を選びます」

「長い時間乗っているんですね」

「たとえば、二〇一七年まで最も長距離を走っていた各駅停車の369M列車にも乗りました。山陽本線の岡山駅から下関駅までの三八四・七キロを七時間三三分かけて走っていた列車です。岡山駅を一六時一七分に出発し、福山、広島など八二駅に停まって終点の下関駅には七時間三三分後の二三時五〇分に着いたんですよ」

「七時間三三分！」

飛行機にそんなに長い時間乗っていたら、マレーシアやバリ島あたりまで行けるのではないか。

「残念ながら、二〇一七年に出発駅が広島県の糸崎に短縮され、二〇一九年には終点も岩国となってずっと短くなってしまいました」

「午前〇時近くに下関に着いたら困るんじゃないんですか」

「予約しておいたビジネスホテルに駆け込みました。下関は大きな街なのでその点は困りませんでした」

「ちょっと安心しました」

ホームに泊まるようなことはないようだ。

「でも、僕が乗ったなかで運行時間がいちばん長かったのは、根室本線の滝川と釧路の間を走っていた２４２７Ｄです。滝川駅を九時四〇分に出発して四八駅にすべて停まって、終点釧路駅には一八時一分に到着する列車です。この列車は、三〇八・四キロを八時間二一分かけて走りました」

「わたしの勤務時間より長い……」

春菜の声はかすれた。

「この列車は城端線でも走っているキハ40形の気動車二両です。もっとも北海道仕様で窓が小さいし、北海道塗色なので朱色五号ではありませんが」

「あれに乗って八時間ですか」

クロスシートではあったが、通学時はそれほど乗り心地がよかったとは思えない。

あんなのに八時間も乗っていたら、間違いなくお尻が痛くなる。

「道央から道東へ走ってゆくので、富良野盆地を通り、新得峠を越えて十勝平野に入り、太平洋沿いに出て釧路へと着きます。広大な畑やたくさんの牧場、美しい山々、青く輝く太平洋と見所は尽きません。『北の国から』の舞台として使われた布部駅や、映画『鉄道員』で幌舞駅という架空の駅として使用された幾寅駅にも停まります。運行時間帯もいちばんいいので、北海道らしいたくさんの風景を堪能できる素晴らしい列車です」

金森はふたたびうっとりした顔つきになった。

「ぜんぶは無理でもちょっと乗ってみたい気分です」

これは本音だった。のんびり走る列車の窓から北海道らしい景色を眺め続けたら、どんなにか素晴らしいだろう。

「ただ、残念なことに、二〇一六年八月の台風被害のため、東鹿越と新得駅間はバス代行輸送になってしまって、現在は2427Dという列車は運行されていません。復活してほしいと願ってはいるのですが……」

「それは残念。じゃあ金森さんは長距離列車フリークというわけですか」

　金森は首を横に振った。

「盲腸線も好きですよ。一日三往復しか走らない小野田線の本山支線や、片道たった七分の東海道本線の美濃赤坂支線、工場通勤客専用と言っていい鶴見線の海芝浦支線と大川支線みたいな、乗りにくい線区も結構チャレンジしています。だけど、やっぱり長距離列車が好きだなぁ」

「でも、お金が掛かるでしょう？」

「まぁ、バイト代はぜんぶ注ぎ込んでますね。だけど、基本は《青春18きっぷ》を使うので、それほどでもありません」

「あ、各駅停車に一日乗り放題ってきっぷですよね」

「ええ、あれは五枚綴りで一万二〇五〇円ですので、一枚あたり二四一〇円なんです。その一枚で横浜から各駅停車を乗り継いで、どこまで行けると思いますか？」

「さぁ、大阪くらいですか」

金森はにやりと笑った。

「とんでもない。北九州の小倉駅です」

「うそぉ」

「横浜駅を四時五四分に発車する熱海行きに乗って、熱海、静岡、名古屋、京都、大阪、岡山、広島、下関と乗り継いで小倉駅に午前〇時五分に着きます」

「信じられない！　でも、日付を越えちゃうじゃないですか」

「JRのきっぷは原則として日付を越えても最初に降りた駅までは有効なんです」

金森はしたり顔で言った。

「そうだったんですか……えーっと、何時間かかるんですか」

「一九時間一〇分ほどですね」

金森はなんでもないことのように答えた。

「うわっ、勤務時間の倍以上」

春菜が驚きの声を上げると、康長も低くうなった。

「東海道本線や山陽本線は列車数が多いので待ち時間も少ないです。ただ、逆に乗り換え時間が短いことが多いので、食料や飲み物はあらかじめ用意しないと飢えてしまいます。ほとんどの駅が五分未満なんで」

「え……金森さん、実際に乗ったんですか！」

机上の空論ではなかったのか。

「実は二〇一七年の冬休みに乗ったので、いまとは列車の行き先が違って、乗換駅などはちょっと異なりますが。とても楽しく有意義な一日でしたよ」

にこっと金森は笑った。

「すごい！」

舌を巻かざるを得なかったが、金森は首を横に振った。

「いえ、《乗り鉄》なら、誰でもこれやってますよ」

「本当に？」

「ええ、このときも熱海行きで同じ車輛だった何人かが、京都や広島や小倉のホームで一緒でしたもん」

世の中には不思議な人がたくさんいるものだ。

「金森さんもすごいけど、青春18きっぷってすごいんですね」

「そう思います。あんなに素晴らしいきっぷはないです。でも、新幹線は敵なんです」

「どういうことですか？」

「青春18きっぷはJR全線の快速列車を含む普通列車と、気仙沼線や大船渡線のBRTという東日本大震災で使われなくなった両線区のバス輸送路線と、JR西日本の宮島フェリーに乗り放題です。ところが、たとえば二〇一五年三月の北陸新幹線の開業によって、北陸本線の一部が第三セクター化されてしまったでしょ？」

これはとうぜん知っていた。

「ええ、高岡は《あいの風とやま鉄道》になりました」

「そうです。長野から妙高高原の長野県部分が《しなの鉄道》に、妙高高原から直江津を通って市振(いちぶり)までの新潟県部分が《えちごトキめき鉄道》に、市振から富山と高岡を通って倶利(くり)伽羅(から)までの富山県部分が《あいの風とやま鉄道》に、倶利伽羅から金沢までの石川県部分が《IRいしかわ鉄道》となりました。総延長約二九〇キロです。この区間は青春18きっぷでは乗れなくなってしまったのです」

金森は沈痛な面持ちで言った。

「なるほど、つまんなくなっちゃいましたね」

「北海道新幹線の開業に伴い、江差(えさし)線の五稜郭(ごりようかく)と木古内(きこない)の三七・八キロが《道南いさりび鉄道》になってしまいました。また、九州新幹線では鹿児島本線の八代(やつしろ)と川内(せんだい)間の約一一七キロが《肥薩おれんじ鉄道》に移管されました。古い話ですが、東北新幹線のときは東北本線の盛岡から目時の岩手県部分が《ＩＧＲいわて銀河鉄道》に、目時から青森の青森県部分が《青い森鉄道》に移管され、あわせて約二〇四キロが青春18きっぷでは乗れなくなってしまいました。だから、僕はできるだけ新幹線には乗らないように努めています」

金森の声は沈んだ。

「なんだかなぁ」

青春18きっぷのことはともあれ、すべてを第三セクター化する必要があったのだろうか。法的な問題なのだろうか。むろん、春菜にわかる話ではなかったのだが。

「でも、城端線や氷見線は特例があるんですよ」

少し明るい声に変わって金森は言った。

「特例ですか……」

「あいの風とやま鉄道の富山と高岡間の普通列車を利用して氷見線と城端線に乗り継ぐ場合には、富山からは青春18きっぷが使えます。ほかにもこの特例はありますが……」

春菜が電車を使って帰省するとしたら、やはり北陸新幹線を使うだろう。この特例は役に立ちそうにない。東京から新高岡までは三時間を切っているのだ。

康長がわざとらしく咳払いした。

《乗り鉄》や《駅鉄》についてはよくわかったが、そろそろ本題に移らなければならない。

「なるほど、いろいろとありがとうございました。ところで、《撮り鉄》の人たちの噂を知りませんか。片桐元也さんの名前が出てこなくてもいいのです。誰かと誰かが喧嘩していたとか。憎み合っていたとか」

ようやく、春菜は肝心の質問に移れた。

だが、金森は冴えない顔で首を振った。

「わかりませんね」

「どんな小さなことでもいいんです」

「《乗り鉄》と《撮り鉄》の間には交流はないと言っていいです」

金森はきっぱりと言い切った。

「そうなんですか……」

春菜は絶句した。

「LINEやFacebookのグループなど、ネット上で集まるコミュニティもまったく違います」

片桐の趣味上の交友関係は《撮り鉄》からしか聞けないというわけだ。

「同じ鉄道ファンでもだめですか」

それでも春菜は念を押した。

「あの、細川さんは知らないようですけど、鉄道ファン、いわゆる鉄チャンの趣味はすごく細分化されているんです」

「《撮り鉄》《乗り鉄》《駅鉄》のようにですね」

「ええ、その三つはメジャーなほうの鉄チャンですね。でも、それだけじゃありません」

「ほかに、どんな……」

言いかけて、しまったと思って春菜は口をつぐんだ。

だが、遅かった。

あまり相づちを打たないほうがいいのだが、「そうなんですか」とか「なるほど」とばかりも言ってられない。

「《音鉄》がいます。撮影の撮ではなく録音の録の字を書いて《録り鉄》ともいいます」

金森は宙に「録」の字を書いてみせた。

「列車の音を録音する人ですね。実は被害者の方も写真を撮りながら、列車の音を録音していました」

「あ。なるほど。ふたつのジャンルにまたがる人も多いですからね……この連中はさらにふたつに細分化されます。ひとつは被害者の方のように走行音を中心にするタイプ。もうひとつはおもに駅の構内アナウンスなどを中心に録音するタイプです」

「はぁ……駅の……」

そんなものを録音してなにがおもしろいのだろうか。

「走行音の趣味はさらにふたつに細分化されます。車外から自然音などとともに録音するタイプと、自ら列車に乗って車内から車内放送と一緒に録音するタイプです」

細分化の細分化か……。

趣味の世界は、きわめてパーソナルなものなのだなと春菜は思った。

「被害者の方は写真を撮りながら、車外から録音するタイプですね」

「まぁ、《撮り鉄》の人ならそうでしょうね。《撮り鉄》は列車に乗っちゃうと写真が撮れないから、乗らないわけですから」

「そう言えばそうですね」

「かつてSL全盛期の頃には、車外から録音された美しいレコードが製作されました。ウグイスやウシの鳴き声や川のせせらぎの向こうから、SLが軽快なドラフト音やブラスト音を立てて近づいてくる。気持ちが盛り上がってくると、盛大に汽笛の音が谷間に響き渡る……いやぁ素晴らしい録音がたくさんありました」

金森がうっとりした顔を見せるのは何度目だろうか。

「ドラフト音とかブラスト音とかっていうのはなんですか」

わからない言葉が出てくると、つい訊いてしまう。

「蒸気機関車走行音のオノマトペって、ふつうどう表現します？」

金森は気取った調子で訊いた。

「擬音語ですか……『シュッポシュッポ』あるいは『シュッシュポッポ』でしょうか」

とまどいながら、春菜は答えた。

「そう……とくに『シュッポシュッポ』は、童謡『汽車ポッポ』の歌詞から広まったオノマトペですね。このなかでシュッシュという音がブラスト音、すなわちシリンダーから排出される蒸気の音です。ポッポというのがドラフト音、つまり煙突から煙と一緒に吐き出される蒸気の排気音なのです」

ちょっと感心した。『汽車ポッポ』は幼稚園くらいの頃に歌ったが、あの「シュッ」と「ポッ」は別の音だったのだ。

「あの……金森さんも《音鉄》なんですか」

「冗談じゃありません」

金森は眉間にしわを寄せて不機嫌に答えた。

「ごめんなさい」

反射的に春菜は頭を下げた。

「とにかく鉄道ファンのことはよく知らないので、お教えを仰いでいます」

春菜の態度に金森は表情をやわらげた。

「これくらいは常識ですよ。別に《音鉄》でなくても知っています。僕は素人がたいした技術もないのに録音した走行音なんて、つまらないと思っています。だから、自分が録ることなんて興味がありません。僕はプロが録った列車の音が好きなんです」

金森は言葉に力をこめた。

「市販されているCDなどを聴くのですか？」

「たとえばビクター系のJVCレーベルから出た《世界の蒸気機関車》という名盤がありま す。この作品は、高名なオーディオ評論家で音楽ファンにも評価の高い石田善之氏が、高級機器を用いて録音なさったXRCDという高音質CD盤なんです。このような高度な技術とセンスに基づく素晴らしい録音がありながら、素人が民生用のポケットICレコーダーで録った音に価値があると思いますか？」

気難しげに金森は言ったが、春菜にはうなずけなかった。

《音鉄》の人たちは自分たちで録音することが楽しいのだろう。プロの録音盤と比較しても意味があるまい。

「《音鉄》のことはわかりました。ほかにもジャンルがあるんですか」

金森は得たりとばかりにうなずいた。

「ほかでメジャーなジャンルは《車輛鉄》《時刻表鉄》《廃線鉄》《線路鉄》《模型鉄》《歴史鉄》などです」

春菜は内心で驚いた。が、ここでまた下手な相づちを打つと、話がどんなところに転がってゆくかわからない。

春菜は助けを求めたくて康長の顔を横目で見た。

気配を察したか、いままでずっと黙っていた康長がおもむろに口を開いた。

「へぇ、おもしろいねぇ。たくさんあるんだねぇ」

そうじゃない……。そういう相づちはまずい。

「ええ、たとえば《車輛鉄》は、分野によっては各車輛製作会社のエンジニア並みに車輛のことを勉強していますね。偏った知識であることが多いですけど」

「じゃあキハなんとかっていうのを知ってても《車輛鉄》じゃないんだね？」

康長は重ねて訊いた。

だから、そういうのはまずい質問だ。

「車輛形式の基本は誰でも知ってますよ」

ふたたび金森は不機嫌に答えた。

「わたしは知らないよ」

素っ気ない康長の言葉に、金森はちょっと得意げに胸を反らした。

「まぁ、一般の方は知らなくてふつうでしょうけど……」

「うん、キハなんて初めて聞いた言葉だ」

「国土交通省令で、車両には、車両の識別ができるように表記しなければならないと定められています。この省令に基づき、一両ごとに個体が識別できるような番号をつけます。番号のつけ方は鉄道会社の自由ですが、製造番号とともに車輛の形式番号をつけます。国鉄時代からそうなんですが、ＪＲの場合にはキは気動車のキです」

「ハは？」

康長はまた要らぬツッコミを入れた。

「イロハで客車の等級を表します。イはかつての一等車で、現在はＪＲ九州の《ななつ星in九州》用客車だけですね。ロは二等車で、グリーン車やA寝台車などがこれにあたります。ハは三等車でそれ以外の普通車です」

「へぇ、知ってみるとおもしろいもんだねぇ」

いや、だから、金森の言葉には感心しないほうがいいのだ。

「浅野さんは電車通勤ですか」

「うん、ＪＲとみなとみらい線を使っている」

「じゃあ、今度、車輛内の連結部分付近の上のほうを眺め回してみて下さい。自分が乗っている車輛の形式がわかりますよ」

「うん、気をつけて見てみるよ。ところで鉄チャンって、キャラ的には内向的でおとなしい人が多いのかな」

康長はさりげなく話題を変えた。

「必ずしも内向的とは限りませんね。ジャンルによって趣味にしている人のキャラクターも違うような気がします」

「へぇ、ジャンルによってねぇ」

「《乗り鉄》は内向的で単独行動の人が多いかもしれませんが、少人数のグループならときどき見かけます。けっこう和気あいあいとやってますからね」

「《撮り鉄》は？」

金森は首を傾げた。

「どうでしょう。詳しくはわかりませんね。ただ、少数ながら傍若無人なタイプはいますね」

最初に言っていた他人に迷惑を掛けるタイプのことだろう。

せっかくの康長の質問だが、金森の答えはないに等しい。

「これが被害者の片桐さんが運営していたブログなんです」

春菜はタブレットを取り出して金森の前で掲げて見せた。

「いや、こういうサイトは一切、見ないです」

金森はちょっと不機嫌な声で答えた。

「鉄道ファンというエレメントだけで、キャラや年齢層を絞り込むのは無理だよな」

「なにせ鉄道ファンはおよそ二〇〇〇万人といわれていますからね」

「そんなにいるのか」

康長は驚きの声を上げた。

「ええ、野村総合研究所の調査結果だそうです。市場規模は一〇〇〇億円とか」

「川崎市の人口が一五三万人くらいだからなぁ」

康長は鼻から息を吐いた。

「話は変わりますが、僕は学生だからカツカツですが、鉄道ファンは経済的にゆとりのある人が多いですよ」

「そりゃそうだ。金森さんにしたって、日本中を《乗り鉄》してるんだからね」

「《撮り鉄》も高価なレンズやカメラを買いますし、僕は不器用なので手を出す気にはなりませんが、たとえば《模型鉄》などは収入もあって教育レベルも高い人が多いように思います」

「鉄道模型の趣味だね」

「ええ、そうです。とくに自作派はお医者さんや歯医者さんなどが多いと聞いています。ルドルフ・ケンペってご存じですか」

とつぜんに出てきたケンペの名前に驚いて、音楽好きの春菜はつい言葉を発してしまった。

「ドイツ人の指揮者ですよね。ワーグナー、ブルックナー、マーラーあたりが得意だったように記憶しています」

春菜にとっては比較的知識のある分野だった。

「そう、ミュンヘン・フィルハーモニー管弦楽団の首席指揮者や、BBC交響楽団の常任指揮者をつとめた超一流の指揮者です。ドイツものやスラブものを得意としていました。温厚な人柄だったそうですが、《模型鉄》だったんです」

「あのケンペが！」

春菜は小さく叫んだ。

「ヨーロッパ諸国では、鉄道模型は日本に比べてはるかに高尚な趣味に位置づけられています。あるコンサートで、開演間近となってもケンペが姿を現さない。たしかに劇場内にはいるはずなので、マネージャーたちは心配になってあちこち探し回りました。すると、ある小さな楽屋の奥でニコニコしながら蒸気機関車の模型をいじっているケンペの姿が見つかったそうです」

「そんなエピソードぜんぜん知らなかったです」

気難しく見えるケンペの素顔を見た気がした。

「ロックミュージシャンのロッド・スチュワートも《模型鉄》で、なんと二〇年以上の歳月を掛けてビバリーヒルズの自宅に素晴らしいジオラマを作製しています」

金森は得意げに言った。

「本当かよ!」

今度は康長が叫んだ。

「好きなのはブロンドだけじゃなかったのね……」

ロッド・スチュワートのブロンド美女好きは有名だ。

それにしても、金森の鉄道にまつわる知識の幅広さには驚くばかりだ。

とにかく彼が鉄道を愛しきっていることだけはよくわかる。

コアな鉄道ファンの雰囲気はよく理解できた。

だが、捜査に役立つ具体的な情報はなにも引き出せていなかった。

「ところで、《サンライズ出雲・瀬戸》には乗りましたか」

肝心の列車に触れなければならない。

金森は小さくうなずいた。

「ええ、下りの出雲に一回、上りの瀬戸に一回、別の機会に二度乗りました。日本で唯一残った寝台特急の定期列車なんで、予約が取りにくいんですよ」

片道は青春18きっぷを使ったのだろうか。

いや、ここでツッコミを入れてはいけない。

「被害者の方は清水谷戸トンネル付近で、この列車を撮っていたようなんです」

春菜は本筋の質問を重ねた。

「ああ、285系電車はほかでは使用されていませんからね。この近辺の東海道本線を走る列車としては珍しいですし、《撮り鉄》や《音鉄》の人が狙うのはわかります。あの列車の魅力は僕はじゅうぶん味わったので、しばらくは乗らないでしょうね」

意外とクールな答えが返ってきた。

「楽しかったんですよね」

「もちろん楽しかったですよ。でも、かつての《北斗星》のようなロマンはないですね」

「《北斗星》って北海道に行っていた寝台特急だよね」

康長が余計なことを尋ねた。

「そうです、そうです」

金森は身を乗り出した。

だから、そういうツッコミは入れないほうがいいのに……。

だが、片桐がトップページに飾っていた、あの列車の話だ。

「上野発札幌行きの客車列車による寝台特急です。青函トンネルの開通によって一九八八年に生まれました。片道約一六時間の汽車旅がゆったりと楽しめたのです。惜しくも北海道新幹線の開業に伴って、二〇一五年八月に廃止されてしまいました。同時に国鉄時代から五七年の歴史を持っていたブルートレインも幕を閉じました。とても素晴らしい列車でした。僕は七往復乗りました」

「一四回も！」

康長が驚きの声を上げた。

「たいしたことないですよ。札幌在住のあるイラストレーターさんなんて三〇〇回以上乗っているそうです」

「そんな人がいるんですか！」

さすがに春菜も叫んでしまった。

「ええ、メジャーなニュースサイトの記事で見たんです。そういう人に比べたら、僕なんか《乗り鉄》を名乗ることもできませんね。日本のオリエント急行なんて呼ばれたほど、雰囲気のある列車でした。貴重なことに食堂車も連結されていました。ディナータイムは予約オンリーだったけど、夜の九時以降はパブタイムとなって席が空いていると食事ができるんです。いつも素晴らしい体験ができました」

「どんな体験なのかな」

康長の問いに金森は目を輝かせた。

「上りの話です。函館本線で札幌方向から函館駅に近づくときには、旧姫川駅のあたりから少し標高の高いところを通ります。夜間の上に田園地帯なので車窓は真っ暗です。パブタイムにパスタかなにかを食べていると、右手にいきなり光の島が浮かび上がるんですよ。本当に幻想的で銀河鉄道に乗っているような夢心地でした。しばらくすると、その光の島に自分の乗っている《北斗星》が下りてゆくのです。函館駅のホームに滑り込んだときには、まるで別の惑星に到着したみたいな気分でした。いつも感激して身体が震えました。函館に午後一〇時前に着く二号と午前〇時前に着く四号がありましたが、乗降客がほとんどおらず、駅係員が一人立っている四号のほうが異星感がありましたね」

金森は頰を染めて熱く語った。

春菜もそんな列車に乗ってみたいとは思う。

しかし、事件からまたまた話がずれてしまった。

春菜はタブレットをタップした。

「これ見て頂けます？」

画面には×印で消してある「イルカモドキ」の文字が現れた。

片桐の手帳の最後の言葉だ。

「被害者が書いたイルカモドキの意味がわからなくて困っているのです」

「イルカモドキですか……」

金森はタブレットを覗き込んで言葉を継いだ。

「むかし、伊豆急行で《リゾートドルフィン号》というのが走っていましたが、数年前に廃止されたはずです」

「数年前に消えた列車だと、この記述とは関係ないだろうね」

康長は冴えない声を出した。

一瞬、考えていた金森の顔がぱっと明るくなった。

「あ、そうだ。ＪＲ西日本には２８３系という電車がありますが、イルカをイメージしてデザインされた車輛です」

「本当ですか」

春菜は身を乗り出した。

「京都や大阪から南紀方面へ向かう《くろしお》や《スーパーくろしお》という特急に使われていた車輛です。《オーシャンアロー》という愛称もあったはずです」

金森は自分のスマホで検索をかけて283系の写真を春菜たちに見せた。

二枚窓のスタイリッシュでユニークなデザインの電車だった。

「似てると言えば似てますね……」

前面のカーブがイルカの尖った口に似ていなくはないが……。

「南紀の海の色をイメージしたオーシャングリーンと砂浜のビーチホワイトの塗色だと書かれていますね」

スマホを覗き込んで金森はつけ加えた。

「その電車かっ」

康長が気負い込んだが、金森は首を傾げた。

「でもモドキっていうのがわかりませんねぇ」

「たしかにそうですね。この電車なら単にイルカと書くでしょうね。それに、その《オーシャンアロー》は西日本で走っているんですよね」

春菜にはどこかピンとこなかった。

「はい、紀勢本線を走る特急列車です」

「うーん、ブログを見ると、片桐の行動範囲のほとんどが東日本だったな」

康長は腕組みしてうなった。

《撮り鉄》は自分の行動エリアを決めていることが多いですからね」

誰もが考え込んでいるのか、しばし沈黙が漂った。

「もしかすると……」

金森がぽつりと言った。

「なにか思いつきましたか」

春菜の胸に期待が湧き上がった。

「片桐さんは285系を撮ろうとしていたのですよね」

「はい、ブログには清水谷戸トンネル付近で撮影したと書いてありました」

「285系と283系の形式称号ってよく似ていますよね」

明るい顔で金森は言葉を続けた。

「たしかに……3と5の数字は似てるし、書き間違えやすいかもしれないですね」

「丸っこいボディラインや、前照灯が下のほうにある形状なども似ています。それで、片桐さんは283系のイルカになぞらえて、285系をイルカモドキと呼んでいたのかもしれませんよ」

金森は考え深げに言った。

「それですね！」

「それだ！」

春菜と康長の声が重なった。

「確証はないですけど、自分なりのニックネームで車輌を呼んでいる人も少なくないですからね」

「いいえ、イルカモドキは、間違いなく285系のことですよ。金森さん、ありがとうございます」

春菜は弾んだ声で礼を述べた。

「お役に立てたようならよかったですけど」

金森はさらりと答えた。

「×印はどういう意味だろうな」

独り言のように康長はつぶやいた。

「285系の撮影がうまくいかなかったってことじゃないですか。三月一三日のブログにリベンジって書いてありましたから」

春菜はほかに考えられなかった。

「それだな……とすると、あまり意味のない記述ということになるな」

「そうですね……」

春菜も力なく答えざるを得なかった。

その後、片桐が残した録音も金森に聞いてもらった。

もちろん殺害シーンは聞かせず、列車の走行音だけを聞かせた。

金森は首をひねるばかりで、役に立つような答えは得られなかった。

春菜と康長は礼を言って、報酬は二ヶ月ほど先の振込になる旨を伝えた。

「すごく楽しかったです。またなにかありましたら、ぜひお声を掛けて下さい」

金森は上機嫌で帰っていった。

午後一時をまわったところだった。

藤沢駅で三好と待ち合わせているのは五時半だ。

戸塚区品濃町の現場に行ってみる前に、二人は食事を済ませることにした。

とりあえず同じ《ポルタ》の中華料理屋でランチを頼んだ。

八〇〇円台なのに、結構ボリュームがあって美味しかった。

食後のお茶を飲みながら、春菜は力なく言った。

「あまり収穫はありませんでしたね」

「そんなことはないさ。こんなに効率のいい聞き込みはないよ」

にこやかに康長は答えた。

あまりにも意外な言葉だった。

「だって、事件の解決につながるような話は出てきませんでしたよ」

「いや、今回の事件は被害者が鉄チャンで、《撮り鉄》しているときに殺害されたんだ。犯人が同じ鉄チャン仲間である可能性だって少なくない。鉄チャンのジャンルが細分化していて、お互いに交流がないことがわかっただけでも収穫だ」

「じゃあ、浅野さんは《撮り鉄》が犯人だと思っているんですか」

「そう結論を急いじゃいけない。もし鉄チャンが犯人だとしたら、少なくとも《撮り鉄》のなかにいるだろうと考えられる。それに、金森くんを見ていてはっきりしたが、鉄チャンが鉄道を愛する心というのは並大抵のものじゃない。彼のレクチャーを受けたおかげで、そんな鉄道ファンの特質をひしひしと感じ取ることができた。これも収穫さ」

康長はお茶に口をつけた。

「たしかに金森さんは鉄道を深く愛していましたね。記憶力のよさも驚くほどでしたが」

「頭のいい男だとは思ったよ。好きなことは覚えられるんだろうなぁ。それからもっと大事なことがある。イルカモドキが285系、つまり《サンライズ出雲・瀬戸》を指していることがわかったじゃないか」

「でも、結局、三月一三日に《サンライズ出雲・瀬戸》の撮影に失敗したという意味しかないわけです。片桐さんの行動や犯人につながる言葉ではなかったのだから、あまり意味がないんじゃないですか」

だが、康長ははっきりと首を横に振った。

「違うよ。事件にとっては意味のない記述かもしれない。だけど、イルカモドキの意味がわかったことは収穫さ。自分たちはもちろんだが、戸塚署に置かれた特捜本部も、イルカモドキという言葉に惑わされることはなくなる」

「なるほど、意味がよくわかりました」

「事件と関係がありそうな可能性を潰してゆくのも刑事の大事な仕事なんだ。と言うより、聞き込みの大部分が可能性潰しに使われる場合も少なくない」

「大部分が……」

春菜は絶句した。

「いや、違うな。聞き込みの九割は無駄働きだ。靴をすり減らして歩き回っても、無駄骨に終わることがほとんどだ」

「刑事の仕事は真犯人につながる事実を拾い集めることが中心だと思ってました」

「もちろんそのために聞き込みに廻るんだよ……。だけど、そう簡単に本筋につながる情報がつかめるもんじゃあない」

「刑事って大変な仕事なんですね」

春菜はまじまじと康長の顔を見た。

「まぁ、警察官の仕事は、どの部署だって大変だよ。楽な部署なんてありゃしない」

「そうなんですかねぇ」

「細川だって防犯少年係で苦労したろ？」

「まぁ、いろいろと大変なことはありましたけど」

江の島署時代の苦労は、話し出したらキリがない。

それが自分の使命と思って、凍えるような深夜の少年捜しも、真夏の浜辺で汗だくになっての追いかけっこもやってきた。

だが、専門捜査支援班での自分の使命はあいまいである。

もっとも、初日に考えるようなことではないのかもしれないが。

「俺は小僧の相手は苦手だ。細川の苦労は想像できるよ」

「でも、聞き込みの九割は無駄骨だなんて」

「統計取ったわけじゃないし、俺の感覚だよ。だから、いま金森くんから聞けた話なんて、すごく歩留まりがいいんだ。この捜査協力員制度は使えるな」

「自分が配属されたからには、そうあってほしいです」

春菜はあらためて気を引き締めた。

2

食事を終えた二人は、戸塚区品濃町の現場に足を向けた。

予備班の康長は、まだ現場には行っていないとのことだったので、二人はタブレットのマップを頼りに歩いた。

JR横須賀線の東戸塚駅東口で下りて駅前通りを北へ進み、予備校が並んでいる突き当たりを左へ曲がった。小さなパチンコ屋を右に見てコンクリートのガードをくぐった。坂道を上ると、右手には東海道線の線路が見えた。線路の向こうに続いている駅前の商業施設が切れるあたりで道路が二股に分かれていた。

「このまま線路沿いだ」

康長はマップを覗き込んで、前方を指さした。

線路の向こう側には、比較的新しい住宅が所狭しと建ち並んでいる。奥の高台にはいくつもの高層住宅が見えた。

ところが、左手には、なんと牧場があって、アイス工房という看板が出ている。

「あれ、左側にも線路がありますね」

「うん、マップで見てみると、右が上野東京ラインと東海道線で、左が湘南新宿ラインと横須賀線って書いてあるな」

「さっき横浜から乗ってきた横須賀線ですね」

「そう。東海道線は東戸塚には停まらないからね」

「右は複線で、左の線路は複々線ですね」

左側の畑の向こうには、四組のレールが銀色に光っている。

やがて雑木林が現れると、複々線は隠れて見えなくなった。

「どうやら左の線路は貨物線も一緒のようだ」

右手の線路よりやや低いところに延びる道を、左手に駐車場や畑地を見ながらしばらく進む。東戸塚の駅からそう遠くない場所なのに、あたりの景色は実にのどかだ。

クルマ一台がやっと通れるような幅員になってくると、左手にはうっそうとした森が現れ始めた。古い家がぽつりぽつりと並ぶ淋しい場所になってきた。

森には照葉樹と孟宗竹が目立つが、花びらが風にふわりと舞っている桜の木も見えた。

右手の線路の向こうには新しい大きなマンションが建っている。

「線路を挟んだ両側は別世界のようですね。こちら側がこんなに自然豊かな場所だとは」

首を左右に巡らして、春菜は康長に語りかけた。

「東戸塚駅のまわりには緑が多いんだ。もともと東海道の宿場町で、明治時代に開業したお隣の保土ケ谷駅や戸塚駅と比べて、ずっと遅くに生まれた駅だからね」

「いつ頃できた駅なんですか」

「たしか四〇年くらい前だと思うよ」

「東海道線の車内からは見たことがありますが、あらためて来てみると想像以上に木々が多いですね」

線路の前方にトンネルの入口が見えてきた。

「あ、あれ、もしかして」

「そうだね、清水谷戸トンネルだ」

左手に個人宅の車庫のある場所から、とうとう最後には自動車の通行は不可能と思われる幅員となった。康長は道が狭くなる場所で立ち止まった。

「現場だ」

言葉少なく、康長は言った。

東戸塚駅から歩いて一五分ほどの位置だった。

「ここですか」

春菜の声は乾いた。

殺人の現場に臨むのは初めての経験だった。

すでに黄色い規制線テープや鑑識標識などは片づけられていて、殺人事件のあった現場とはわからなくなっていた。

だが、この場所で、人ひとりの生命が暴力によって奪われたのだ。

春菜のこころのなかに、冷たい風が吹いていた。

「片桐さんはこの道路上に脚立を置いて、写真を撮っていたようだ。路上にカメラと三脚などが散らばっていた。遺体はこの左手に倒れ込んでいた」

康長は道路の左手、線路の反対側を指さした。

高さ三〇センチくらいの錆びた鉄パイプでできた柵の向こう側は、四畳ほどの空き地になっていた。丘の終端部分らしく、草の生えたゆるやかな斜面で、背後には雑木林が迫っている。

「この草地に片桐さんはうつ伏せに倒れていた。路上で首を絞められ、そのまま倒れ込んだものだろう」

春菜は空き地へ向かって合掌した。

康長は平板な声で説明した。

どのような理由かはわからないが、自分と同じ年頃の男がここで生命を奪われたのだ。

「犯行の目撃者はいなかったんですよね」

康長は線路側を指さした。

斜め向かいに六階建てくらいの大型マンションが建っていた。

「すでに明るくなっていたから、あのマンションの住人が気づいてもよさそうなものなんだ。だけど、全世帯に聞き込みした結果、目撃者はゼロだ」

「不思議な気がしますね」

「そうか」

マンションは複雑な構造だったが、線路に近い一〇世帯ほどはこちら側にベランダを持っていた。

「線路沿いの部屋なんかは、誰かが窓越しに争っているところを見ていてもおかしくはないように思います。真正面はマンションの立体駐車場だし、クルマで出勤する人が目撃しててもよさそうじゃないですか」

「だが、犯行は一瞬だろうし、得てしてそういうものだ」

康長はあきらめ顔で言葉を継いで、マンションを指さした。

「いまだって、あのマンションはどの部屋もカーテンかブラインドで窓が覆われているよな」

「たしかにそうですね」

康長の言う通りだった。あるいは住人たちは、電車から部屋を覗かれることを嫌っているのかもしれない。

「細川がどんな部屋に住んでいるのか知らないが、窓から外を見るのは一日のうちにどれくらいの時間だ。たとえば公休日で一日家にいたとしての話だ」

「そうですね。いつもレースのカーテンは閉めてますね。カーテンを開けるのは、朝起きてその日の天気を確かめるときとかくらいかもしれません」

「そんなもんだよ。現代の都市部の住人は近所の世界には無関心なんだ」

「わかる気がします」

「あれくらいの大型マンションの前で事件が起きても、目撃者がゼロなんてのは珍しい話じやないさ」

「捜一の人たち全世帯に聞き込みに廻ったんですね」

「戸塚署の連中と組んでだけどな」

「やっぱり刑事って大変ですね」

「そうなんだよ。だから、さっきの金森くんとの面談はまだ歩留まりがいいって言ったんだ」

「よくわかりました」

「むかしと違って現在は、地取りでは防犯カメラの記録が有力な手がかりになることが多い。そこで、捜査本部や所轄などで集めた記録データを、そっちの捜査指揮・支援センターが集中的に解析してくれることになった。捜査効率が上がって結構な話だが、この事件ではそいつも役に立たない」

「防犯カメラの類いは見当たりませんねぇ」

春菜はまわりを見廻しながら答えた。

「地取り班の連中は、防犯カメラはおろか、駐車車両の車載カメラも探し回ったが、収穫はゼロだ」

「車載カメラってドライブレコーダーですよね。あれは走っているときに使うもんじゃないんですか」

「駐車中も二四時間監視のために動いている機種もあるんだ」

「びっくり。わたし、クルマを持っていないんで知りませんでした」

「このあたりだけじゃないんだ。さっき駅前のガードをくぐってこっち側に来ただろ？」

「ええ、パチンコ屋のところからガードでしたね」

「あそこからこの現場まで防犯カメラは一台も設置されていない。さらに、この道路側を向いて駐車していたクルマは二台しかなかった」

「二台ともドライブレコーダーは、取り付けられていなかったんですね」

康長はうなずいた。

「しかもこの現場付近は人通りがほとんどない」

「さっきから誰も通りませんね」

「実はこの奥には家が一軒しかなく、行き止まりなんだ。深夜ならともかく、夜が明けてからの犯行なのに目撃者がいないのはこのためだ。発見者はこの場所から四〇〇メートルほど離れた家に住む老人だ」

「犬の散歩に来ていた人でしたよね」

「そう、泡を食って通報したようだな。いずれにしても、あのマンションは別として、こんなに人目につかない場所はない。まずい場所で片桐さんは写真を撮っていたというわけだ」

「ほかに同好の士がいればよかったんでしょうけどね」

「そうなんだよ。《撮り鉄》がほかにいれば犯行自体が起きなかっただろう」

「土地勘のある人間の計画的犯行でしょうか」

「マンションに目撃者がいなかったのは偶然の要素もあるかもしれない。だけど、きわめて短時間の犯行だったことは推測できる。あたりに防犯カメラがないことなども考え合わせると、土地勘があるか、事前に入念な下調べをした者の計画的な犯行だと思うな」

康長ははっきりとした口調で答えた。

「たしかにカッとして殺したような激情による犯行には思えないですね」

電車の音が近づいて来た。

ステンレスのシルバーに緑とオレンジの帯の入った上り電車が目の前を通過した。

電車は軽快な走行音を立てて春菜たちの目の前を通り過ぎてゆく。

やがて先頭が清水谷戸トンネルに入って、しばらくすると全車輌が姿を消した。

「いや、東海道線は長いなぁ」

康長は感嘆の声を上げた。

「ちょっと待って下さい」

春菜の声は震えた。

「どうしたんだ、目の色変えて」

「いま電車が通りましたよね」

「上野東京ラインの上りだよ。東戸塚には停まらないからスピードが上がっていたな」

「それでも目の前を通過するのにかなりの時間が掛かりましたよ」

「それがどうしたんだ」

康長はけげんな顔で訊いた。

「通過している間、あのマンションからこの現場は死角になりますよ」

春菜は気負い込んだ。

「ふむ……それで？」

「だから、電車が通る間に犯行を実行すれば、マンションから見えないことは確実です」

春菜は息を弾ませた。

「ははは、思ったより短い時間なんだよ」

だが、康長は笑い飛ばした。

「わたしにはけっこう長い時間に感じられたんですけど。何分くらいです？」

ちょっとムッとして春菜は訊いた。

「計算してみよう。その前にいまの電車の長さと通過時の速度を調べなきゃな」

「お願いします」

康長はスマホを取り出して調べ始めた。

「東海道線は一両が約二〇メートルで一五両か。つまり列車全体の長さは三〇〇メートルだ。通過時の速度が時速九〇キロから一〇〇キロだそうだ。とすると、秒速は約二五メートル。この長さの列車が、ある一点を通過する経過時間は三〇〇÷二五でおよそ一二秒だ」

康長は得意げにスマホを見せた。電卓アプリは12の数字を示している。

「そんなに短いなんて……」

春菜は言葉を失った。

「停まらないにしても、東戸塚駅に近いから安全のために速度を落としているかもしれない。時速六〇キロとすると秒速一六・六メートルで通過時間は約一八秒だ」

「たったの一八秒ですか」

落胆せざるを得なかった。

一二秒から一八秒では、マンションの住人たちの目を欺くことはできない。

「ま、速度は変化するし、これはあくまでも概算だ。それにしても東海道線や横須賀線の一五両ってのは長いよなぁ」

慰めるように康長は言った。

「金森さんと話してたわたしの故郷の城端線は一両か二両でしたから、初めて上野東京ラインに乗ったときには本当にビックリしました。故郷でも特急とかは長かったんです。だけど、一〇分おきに来るような通勤電車であんなに長くて、人がいっぱいだなんてさすがに都会は違うなと思いました」

言っているそばから、さっきと同じような銀色の下り列車が目の前を通過していった。

腕時計の秒針で適当に計ってみると、およそ一七秒だった。

康長の計算は間違っていなかった。

「そうだねぇ、横浜駅で電車に乗ると、あらためてこのエリアには住人が多いって感じるよな」

通り過ぎる電車を眺めながら、康長は言った。

役に立つとも思えなかったが、春菜はコンパクトデジカメで、道路や線路、死体発見現場にレンズを向けてシャッターを切った。

春菜たちは死体発見現場を後にして東戸塚の駅に向かった。

東戸塚から藤沢に行くためには、横須賀線から東海道線に乗り換えなければいけない。

車内放送に従って、二人は同じホームで乗り換えられる戸塚で東海道線に乗った。

3

三好とは藤沢駅南口すぐのショッピングビル《オーパ》にあるコーヒーショップで待ち合わせていた。

姿を現した三好は、黒に近いグレーのスーツをきちんと着て、白シャツに緑系のレジメンタルタイを締めていた。

逆三角形の顔に、高い鼻と薄い唇の目立つ生まじめそうな人物だった。

短めの半白髪をきちんと七三に分けてシルバーフレームのメガネを掛けている。

電話の声の印象よりもいくらか老けていて、五〇前の年齢より上に見える。

「お忙しいところ、大変申し訳ありません」

春菜と康長は腰を浮かせて頭を下げた。

「いえいえ、勤め先はここから徒歩五分ですので」

三好は鷹揚に顔の前で手を振った。

席に着いた三好に、春菜たちはそれぞれに名乗ってあいさつした。

「あの……こんなことを言っては失礼ですが、細川さんは警察職員の方なんですよね」

メガネの奥から三好は目を光らせて春菜を見据えた。

「はい、警察官です。刑事部の捜査指揮・支援センター専門捜査支援班で登録捜査協力員の皆さまを担当しています」

春菜は元気よく答えた。

「あの、重ね重ね失礼で恐縮ですが、身分証明書を拝見してもよろしいでしょうか」

オドオドした調子で三好は言った。

「どうぞご覧下さい」

春菜は警察手帳を取り出すと、三好の前に掲げて身分証明欄を見せた。

「はぁ、巡査部長でいらっしゃいますか」

メガネの縁に手をやって、三好は警察手帳に見入った。

「ええ、これでも七年目なんです」

「失礼致しました。あんまりお若いもので……つい」

頭を下げて三好は詫びた。

三好は藤沢市の教育委員会事務局学校施設課にいて、市内の公立小中学校や特別支援学校に関する施設管理の仕事に従事しているとの話だった。

「と言ってもその……技術吏員ではなくてですね、事務吏員なわけです。学校の再整備事業や施設管理の小工事に関する契約関係などを担当してるってわけですね。はい」

独特の粘っこいトーンで三好は自分の仕事を説明した。

「最初にお願いがあります。あなたにこれからお話しする事件の概要については、ほかの人には決して話さないで下さい」

守秘義務について話し始めた春菜の言葉を三好は手を振って遮った。

「あのですね。わたしはいちおうですね。公務員なんですね。ですので、そのあたりはよく知っております。職務上知り得た秘密を漏らすようなことはありませんから」

三好は胸を反らした。

「お電話でもお話ししましたが、戸塚区品濃町で起きました殺人事件の件で参りました」

「ああ、テレビで見ました。なんでも東海道線の写真を撮っていた鉄道ファンの方が殺されたんですってね」

「そうなんです。それで、登録捜査協力員のなかでも、鉄道に詳しい三好さんにお話を伺いたいと思いまして」

「わたしはまぁ、鉄道ファンと言っても、もっぱら車輛が好きなので……」

三好は言葉を濁した。

「あ、《車輛鉄》の方ですか」

春菜の言葉に、三好は大きく顔をしかめた。

「その呼び方は好きじゃないですね」

「ごめんなさい」

春菜は素直に詫びた。

金森に教わった言葉だ。彼は平然と口にしていたが、人によって受け止め方が違うようだ。

「まぁ、我々、鉄道を趣味とする人間のこと全般を鉄だの、鉄チャンだの、鉄ちん、鉄ヲタだのって嫌な呼び方する人もいますからね。最近は以前よりはずっとマシになりましたがね。わたしが若い頃は鉄道が好きだってだけで、なんとなく蔑視されてたですよ」

はにかむように三好は笑った。

「そんなことはないでしょう？」

春菜の言葉に三好は小さく首を振った。

「たとえば高校生の頃なんかはですね。鉄道ファンである自分なんかには、女子生徒は冷たい目を向けてたですよ」

「まさか……」

「いや、本当です。後ろの席に座っていた女子生徒がわたしに用があるときは、いつも樹脂の物差しの角でつついて『ねぇねぇ鉄くん』と呼んでましたから」

三好は眉をひそめた。

ひどい態度であることは間違いがない。だが、三好が鉄道ファンであったためなのかは明らかではない。

「いまは違いますよね。趣味としてかなりメジャーだと聞きました。ファン人口は二〇〇万人とも言われているそうですね」

「近年どんどん増えていますね。裾野が広がったことと、女性ファンも増えてきたからじゃないですかね。もう二〇年くらい前から見かけますが、《ママ鉄》って呼ばれる女性も増えてきました」

三好の声はいくらか明るいものに変わった。

「《ママ鉄》ですか」

「はい、自分の子どもが鉄道ファンとなって、列車に乗る趣味なんかにつきあううちに自分も鉄道ファンとなった母親のことです」

「お母さんとお子さんが一緒に鉄道を楽しんでいる姿って、なんだかとても素敵ですね」

「ええ、うちじゃあ考えられないですがね」

ふたたび三好の声が陰った。

三好には家族がいるらしい。

「お子さんは鉄道ファンじゃないんですね」

「中三の娘と小五の息子がいますが、二人とも鉄道にはまったく興味を持っていませんでしてね。仮に息子が鉄道ファンになったとしても、妻が一緒に列車に乗る光景など考えられませんですよ。うちの家族は全員がわたしの趣味には否定的ですね」

三好は唇を突き出した。

そろそろ本題に入らなければならない。

「事件は三月二八日の早朝に起きました……」

春菜は事件の概要を金森に話したのと同じくらいのレベルで説明した。

眉間にしわを寄せて三好は真剣な顔で聞いていた。

「いちばん最初にお伺いしたいのは、被害者に関しての噂です」

金森で失敗したので、春菜は機先を制した。

「被害者は片桐さんという方でしたよね」

三好はあいまいな顔つきで訊き返した。

「そうです。《横浜電送》という会社の営業マンだった二九歳の男性です。片桐元也さんの名前が出ていなくてもいいのです。鉄道ファンの間で誰かと誰かが喧嘩していたとか、憎み合っていたとか、そのような話を聞いたことはありませんか」

春菜は息せき切って訊いた。

「さぁ、わたしのまわりには、鉄道の撮影が趣味という人はいないので……」

三好は冴えない顔で言葉を濁した。

「どんな小さなことでもいいのです」

畳みかけるように春菜は訊いた。

「残念ながら、なにも思いつきませんね」

三好は首を横に振った。

「そうですか」

片桐は《撮り鉄》で、三好は《車輛鉄》だ。金森が言っていたように鉄道ファンはジャンルが異なると、交流もないようだ。

「被害者の片桐さんという方は上りの《サンライズ出雲・瀬戸》を撮影中に殺害されたのですね」

春菜の目をじっと見つめて三好は念を押した。

「いまのところ、その電車を撮影中の午前六時三五分頃の犯行と考えています」

タブレットを取り出して春菜は《サンライズ出雲・瀬戸》の資料写真を見せた。

「そうか285系電車か……」

三好は低くうなった。

「片桐さんはイルカモドキと呼んでいたようです」

春菜は２８３系と２８５系に関する金森説について簡単に話した。

「あり得ますよ。《撮り鉄》の人たちはよくあだ名をつけますからね」

自分は《車輛鉄》と呼ばれるのを嫌がっていたくせに、他人を《撮り鉄》と呼ぶとは、不思議だなと春菜は思った。

しかし、イルカモドキが２８５系電車を意味することは当たっているようだ。

「やはり撮りたくなるような電車なのですか」

つよくあごを引いて三好は答えた。

「それは間違いないでしょう。最後に残った寝台車を中心とした定期列車です。と言うより、ＪＲの寝台列車サービスの切り札として投入された電車なのです。２８５系電車は、時間を有効利用したいビジネスマンをターゲットにしてＪＲ西日本とＪＲ東海が共同開発しました。編成によって近畿車輛、川崎重工、日本車輛製造の三社が製造したのですが、いろいろな意味でユニークな要素を持っています」

いままでのどちらかと言えば、訥弁（とつべん）な雰囲気はガラリと変わった。

三好の目はいきいきと輝き、舌はなめらかに回り始めた。

「つまり珍しい電車なのですね」

三好は深くうなずいた。

「はい、まず基本設計は剣持勇(けんもちいさむ)デザイン研究所です。この点は大盤石な感じです」

「剣持さんというのはどんなデザイナーなのですか」

聞いたことのない名前だった。

「すでに約半世紀近く前に物故していますが、日本を代表する工業デザイナーです。ジャパニーズモダンと呼ばれるデザインの礎を築いた人物で、京王プラザホテルや香川県庁舎をはじめとする、たくさんのホテルや官公庁のインテリアや内装をデザインしています。また、ジャンボジェットと呼ばれたボーイング７４７型機を日本航空が導入したときにインテリアを担当したのも彼です。インテリアデザインばかりではありません。剣持氏がデザインしたラタン製のラウンジチェアは、日本の家具としては初めてＭｏＭＡ、つまりニューヨーク近代美術館の永久展示品に選ばれたのです」

三好は一瀉千里(いっしゃせんり)、立て板に水とばかりに説明した。

その気迫に圧(お)されて、一瞬、春菜は声を失った。

「はぁ……なるほど……」

有名なデザイナーとしてもむかしの人なのだ。

「さらに誰でも知っているヤクルトの、あのプラ容器をデザインしたのも剣持氏です」

「へぇ、あれよく飲んでますよ」

さすがに驚いた。ヤクルトは江の島署の売店でも売っていた。

「その剣持氏が一九五五年に設立したのが剣持勇デザイン研究所ですが、たくさんの車輛の設計を手がけています」

「そうなんですか」

「はい、たとえば、７００系新幹線、Ｎ７００系新幹線、Ｅ２系新幹線、Ｅ４系新幹線……」

春菜は三好の言葉を遮った。

「あの……列車名でお願いできますか……サンライズみたいな……」

ナントカ系と言われても何ひとつわからない。

「ああ、愛称ですね。わかりました。最初のふたつは新旧の《のぞみ》です。あとのふたつは《あさま》と《ＭＡＸ》です」

「それならわかります」

「在来線では、《カシオペア》《スーパーあずさ》、先頭を除く全車輛二階建ての《湘南ライナー》、《スーパービュー踊り子》《スーパーひたち》《ひだ》などですね」

三好は楽しそうに言った。

「知らない列車もありますが、ユニークなデザインの車輛が多いですよね」

新幹線はなんとなくわかる。それに江の島署時代に藤沢駅で急行に乗り換えるときなど、向こうのホームを《スーパービュー踊り子》が通過するのを見た覚えもあった。

「ええ、非常に個性的なデザインの車輛を手がけていますね。で、285系電車もきわめてユニークなのです」

「たしかにちょっと変わったスタイルの電車ですね」

写真でしか見ていないが、ほかで見たことがないような電車だ。

「デザインもそうなのですが、塗色が新しい発想です。いままでの寝台特急であったブルートレインは、青色に塗色されていました。では、これはなにをイメージしたものでしょうか」

三好は教師のように質問した。

だが、答えは至って簡単だった。

「夜ですよね」

「そうです。列車の愛称にも、夜をイメージしたものがいくつも使われています」

「《北斗星》がそうですね」

三好は手を打って喜んだ。

「その通りです。ヘッドマークや車輛、牽引機関車にさえ、北斗七星のイラストが描かれていました。ほかにもたくさんあります。大阪―札幌間の《トワイライトエクスプレス》、東京―大阪間の《銀河》、京都―南宮崎間の《彗星》、臨時列車扱いですが、同じく上野―札幌間の《カシオペア》などです。もちろん、《能登》や《なは》のように地名を冠したブルートレインや、《あけぼの》《あかつき》《ゆうづる》など朝夕をイメージする列車もありました。でも、いずれにしてもブルーに塗装されていたのです。ところが、285系電車は車輛そのものを夜明けをイメージしたベージュと赤の塗り分けとしたのです。『さわやかな朝、新しい一日のはじまり』をテーマとしたサンライズの名に恥じぬカラーリングだと思いませんか」

三好は詰め寄るような調子で訊いた。

「は、はい……思います」

「車輛デザインや塗色については剣持勇デザイン研究所の仕事ですが、285系電車は内装にも力が入っています。ある大手メーカーが内装を手がけたんですが、どんなものを作っているメーカーだと思いますか」

ちょっと意地悪な顔で三好は訊いた。

「いえ、見当もつきません」

そんなことがわかるわけがない。せめてウィキペディアでも読んで勉強しておけばよかった。

「住宅メーカーのミサワホームです」

「ちょっとびっくりですね」

電車の内装ってあのツルツルの味気ないヤツではないのか。

「そもそも列車の客室部分というか、台車から上の部分は、どんな材料で作られていると思いますか」

金属であることは間違いがあるまい。

「鉄ですか」

三好は首を横に振った。

「大昔は木製でした。鉄を使った時代もあります。ですが、現在は軽量化のために、ほとんどの場合にアルミを使います」

「火災予防のためにはやっぱり金属ですよね」

三好はあごを引いた。

「そうです。木製車輛時代の列車火災では、悲しい犠牲がたくさん出ました。たとえば、一九五一年に京浜線の桜木町駅で起きた『桜木町事故』、一九七二年に北陸本線の敦賀―南今庄間にある北陸トンネルで起きた『北陸トンネル火災事故』などは数多くの犠牲者を出しました。このため、当時の国鉄は……」

話が逸れてゆく。北陸トンネルは何度か通ったことがあったので興味はあったが、下手をすると、日本の列車事故トークになってしまう。

春菜は懸命に話題を戻した。

「で、現在はアルミなんですよね」

「そうです。現在のほとんどの車輛は、難燃性を高め、軽量化を目指しつつ強度を保つために、アルミの押出材を、ダブルスキン構造としているのです」

「ダブルスキン構造ってなんですか」

「ちょうど段ボールと一緒で、二枚のアルミ板の間にトラス状の補強部材を入れてあるのです」

「ああ、わかりました。段ボールって二枚の紙の間に三角形の波板みたいなのが挟まって糊付けしてありますよね」

「それです！」

三好は嬉しそうに、人差し指を突き出して春菜を指した。

「剛性が高いばかりか、たわみも少なくできるのです。さて、そのアルミのダブルスキンの車体の乗客が接する内側は、一般的にはポリウレタン樹脂系塗料を塗り重ねます」

「あのツルツルしている壁とかですよね」

「そうです。ところが、285系電車は違うのです。ちょっとこの写真を見て下さい」

ポケットからスマホを取り出して三好はタップした。

画面にはあたたかい白熱電球色の照明で照らされた、ホテルの一室に似た部屋が写っている。

全体的にブラウンの木の壁で覆われ、左側にやや幅の狭いシングルベッドが、右側にはデスクと椅子が配置されている。正面には洗面台も設けられていた。

低い天井や窓がアールを描いているので、ふつうの部屋でないことはわかる。

「これ何の写真だと思いますか」

「《サンライズ出雲・瀬戸》なんですよね」

「そうです。A寝台の《シングルデラックス》です」

「まるでホテルの部屋ですね」

「ええ、すべて二階部分に配置されていて、出雲と瀬戸にそれぞれ六室しかないプレミアムな部屋です。専用のシャワールームも用意されています。寝台料金は一万三九八〇円です。

運賃、特急料金、寝台料金を合わせると片道三万円近く掛かります」

「この部屋で旅できるなら悪くはないですね。豪華な客室ですよねぇ」

総額ではかなりの値段だが、寝台料金はホテル並みだ。

「過去には《北斗星》のSA1個室、通称ロイヤルのような、もっと豪華なA寝台もありましたが、定期列車としてはかなり豪華だと思います。問題はこの壁の素材です」

「木製のように見えますね」

三好はにやっと笑って首を横に振った。

「悲惨な車輛火災事故を何度も経験している国鉄時代以降、木製の客車は存在していません」

「では、これは？」

「ミサワホームの内装材《M-Wood》なのです」

三好は自分の手柄でもあるかのように肩をそびやかした。

「M-Woodとはどんな素材なのですか」

「もともと住宅用に開発された素材で、実際に多くの住宅の内装に使われています。針葉樹を製材するときに出る芯材の削り屑や端材を、ミクロの単位まで破砕して樹脂と混合しノズルから押し出して成形する一〇〇パーセントのリサイクル素材です」

「でも、木粉と樹脂の混合物では可燃性があるのではないですか」

素朴な疑問だった。

「はい、おっしゃる通りです。そのために285系電車では特殊な接着剤を開発し、M-Woodの裏側にぴったりとアルミ板を貼ってあります。何度もの試行錯誤の末、木のぬくもりを持ちつつ、車輛の不燃性基準も満たしている唯一無二の内装を生み出すことができたのです」

まるでメーカーの広報担当者のように三好は説明した。

「なるほど、『プロジェクトX』にでも出てきそうな話だね」

それまで黙って聞いていた康長が感心した声を出した。

「この内装のおかげで、B寝台でも非常に豪華に感じます」

三好は画面をタップして別の写真を見せた。

幅が狭いふたつのベッドが並んでいて、ちょっと手狭だがホテルのツインルームに似ている。A寝台のように壁などに湾曲面がないのでぱっと見たところ、寝台車とは思えない。

「まずは、女性客に人気の高いB寝台の《サンライズツイン》です。テーブルはありませんが、横に広い分、開放感がありますね。B寝台としては最高に豪華なんじゃないでしょうか。《シングルデラックス》の下の階に、六部屋配置されています。寝台料金は一部屋で一万五四〇〇円。ちょっとしたホテルのツイン並みの料金なので二人旅に向いています」

たしかにここで仲よし同士、酒やお菓子を持ち込んで、車窓を眺めながらおしゃべりに興じたら楽しそうだ。

「《サンライズ出雲・瀬戸》はやっぱり走るホテルですね」

素直な感嘆の言葉が出た。

「ええ、じゅうぶんにホテルの快適さを持ってますよ。続いて、これが上下二段のベッドでツインとなっているB寝台《シングルツイン》です。九号車には車いす対応個室もあります」

同じような内装だが、寝台車らしい上下二段ベッドの部屋だった。

「さらに、これがB寝台一人用個室の《シングル》です。285系では標準タイプで、編成の半数以上はこのタイプになります。寝台料金は七七〇〇円です」

大きな窓とベッドの組み合わせのシンプルな個室だった。カプセルホテルよりはゆったりしているようにも思える。七七〇〇円は高くないと春菜は思った。

続けて三好は、いくぶん狭い個室の写真を見せた。

「ちょっと狭いタイプの《ソロ》です。寝台料金は六六〇〇円」

「たしかに手狭ですが、移動する個室空間というのは貴重ですよね」

「285系では寝台席はすべてが個室となっています。内側から鍵が掛かりますから、プライバシーも完璧です。最後にこちらをご紹介しましょう」

液晶画面には不思議な部屋が映し出された。

明るいグレーのカーペットが敷き詰められ、片側にシングルベッドくらいの広さに仕切られたスペースがずらりと並んでいる。仕切りは窓側三分の一ほどなので、プライバシーが守られるわけではない。

ただ、仕切りのおかげで横になれば隣の乗客と顔を合わせる必要はない。反対側は窓のある通路になっている。

「これはリーズナブルな寝台席なのですか」

さっき三好はすべてが個室寝台と言っていたはずだが。

「いいえ、寝台席ではありません」

三好はニコニコしながら首を横に振った。

「でもスペースごとにシーツも用意されていますよね」

各スペースの足もとには白いリネンのシーツが並んでいる。

「ええ、シーツと毛布、それから枕カバーも用意されていて、横になって眠ることを想定していますが、寝台料金は掛かりません。指定券は必要ですが、運賃と特急料金だけで利用できます。《ノビノビ座席》というリーズナブルなタイプです」

「ちょうどカーフェリーの二等寝台といった雰囲気ですね」

「よく似ていますね。この《ノビノビ座席》は一階と二階にあって個室中心のこの編成の定員数を増やすことに寄与しています」

「《ノビノビ座席》は別としても、全寝台が個室というのは、現代の顧客ニーズに合っているよな。むかしのB寝台なんて蚕棚で、プライバシーもへったくれもなかったからな」

康長が鼻から息を吐いた。

「これはわたしの想像に過ぎないのですが、JR西日本は、シティホテルのような内装を用意することで、ビジネス客を呼び込もうとしたのではないでしょうか。ホテルに泊まるのと同じくらい快適に過ごしながら、山陰や四国と東京との間を寝ている間に移動できる。多少高くついても、新幹線で移動するのとでは疲れ方も大いに違うでしょう」

三好はしたり顔で言った。

「そのお考えは間違っていないと思います」

「個室を主体としたことと、B寝台ではビジネスホテル並みの料金設定にしたことで、285系は成功したと思っています」

「人気の列車なんですね」

「《サンライズ出雲・瀬戸》は、予約を取るのが難しい日も珍しくはありません。そんなわけで人気の高いこの列車ですが、動力系にも特徴があります」

「動力系ですか……」

また話がマズいほうに進み始めた。春菜は内心で舌打ちした。

「寝台列車が長いこと客車列車中心で、寝台電車としては583系くらいしかなかったのは、静粛性に問題があるからです」

583系などと言われてもむろんわからないが、春菜はその質問を避けた。

「たしかにふつうの列車と違って、眠らなければならないですからね」

三好はあごを引いて言葉を続けた。

「電気機関車やディーゼル機関車が牽引する客車列車の場合、動力音は機関車だけに発生します。客車には動力がないわけですから、動力音は前のほうから響いてくるだけです。これに反して電車では何両かに一両はモーターを設置しなければなりません。モーターのある車輛は当然ながら客車よりうるさいですが隣の車輛も影響を受けます。そこで、285系では2M5Tの編成を採用しました」

さすがに質問しないわけにはいかなくなった。

「なんですか……その2M5Tっていうのは？」

「Mはモーター、Tはトレーラー。つまりモーターを搭載している車輛と、ただ引っ張られている車輛の違いです」

「つまり285系は七両編成で二両にしかモーターを積んでいないのですね」

これは春菜にも理解できた。

電車のすべての車輛がモーターを積んでいるわけではないことは聞いたことがあった。

「その通りです。車内の静粛性確保のためです。それぞれ七両編成の出雲と瀬戸が連結される岡山駅からは一四両編成となるわけですが。モーターを積んでいるのは出雲では三号車と五号車、瀬戸では一〇号車と一三号車となります。編成によって異なりますが《ソロ》個室や《ノビノビ座席》のほかに、シャワー室やラウンジ、乗務員の業務用室などが設けられています。最高速度では一三〇キロを確保し、出雲の場合には急勾配の伯備線の線路を登らなければならないので出力の高い、二二〇KWのかご形三相誘導電動機を採用しています。モーター制御はIGBT素子によるVVVFインバータ方式です」

いきなりわけのわからない単語が連発された。

「インバータって蛍光灯とかの……」

春菜はぼんやりと言った。

「はい、インバータ装置というのは、電源から入ってきた交流を直流に変換するコンバータ回路と、変換された直流を再び交流に戻すインバータ回路がひと組になっているものです。

生活のあらゆる場面で活躍する電気機器に採用されていますが、電車のインバータ回路はモーターの回転速度を調整するために使われます。クルマで言えばアクセルのようなものです。VVVFはインバータ回路が電圧と周波数の両方を変える方式で"Variable Voltage Variable Frequency"の略です。可変電圧・可変周波数の意味ですね。これに対してIH調理器などはインバータ回路は周波数のみを変えていてCVVF方式と呼ばれます。一定電圧・可変周波数を意味する"Constant Voltage Variable Frequency"の略称です。コンピュータ用の電源装置でもインバータ回路が働いていますが、こちらは一定電圧かつ一定周波数なので、CVCF方式と呼ばれています。これは"Constant Voltage Constant Frequency"を略したものです。また、IGBT素子とは半導体素子のひとつで、絶縁ゲートバイポーラトランジスタのことです。この半導体は実は……」

ものに取り憑かれたように、三好は喋り続けた。

「俺たち、ファラデーの法則から勉強しなくちゃならないんでそのくらいで」

康長が顔の前で手を振って三好を制した。

「わかりました。インバータのご質問を受けたので、つい……」

三好は頭を掻いた。

春菜としては、質問したつもりはなかった。

「とにかく、ＶＶＶＦインバータ方式はスムーズなモーター回転数の制御ができると同時に、うなるような音がけっこう出るんですよね」

「なるほど、いくらホテル並みの車内にしても、さすがに電車ですからね」

小さく顔をしかめて、三好は続けた。

「静粛性に気を遣った設計ですけど、すでに二〇年を経過している車輌なんで、やはりある程度の騒音は出ますね。騒音と言えば、モーターで発生した動力を車輪に伝えるメカニズムである駆動系の騒音ももちろん発生します。２８５系はＷＮドライブと呼ばれる駆動方式を採用しています。平行軸カルダン駆動方式の一種で、モーターと駆動歯車をＷＮ継手という部品によって接続しています。このため、ノッチオフ時には……」

「ストップ！」

康長が今度は右の掌を前に突き出して、三好を押しとどめた。

「やっぱりなに言ってるかわからないよ」

康長は唇を歪めた。

「すみません」

三好は小さく頭を下げた。

「そうだ、音と言えば、これ聴いて頂けますか」

春菜は、タブレットを操作して片桐が残した録音を再生した。

「殺された片桐さんが最後に録音していた音声データです」

今回も殺害シーンは除いて列車の走行音だけを聞かせた。

「これは285系の走行音なんでしょうか？」

首を傾げて三好は訊いた。

「三好さんは、285系のことに大変にお詳しいんじゃないんですか」

春菜は意外に思った。

「僕には列車の走行音を録音する趣味はありません」

つまり《音鉄》ではないわけだ。

「だけど、《サンライズ出雲・瀬戸》には、何度もお乗りになっているんですよね？」

「いや、一度も乗ったことはありません」

平らかな表情で、三好はあっさりと答えた。

「そうなんですか！」

驚きを隠せず、春菜は叫んだ。

「乗りたいですよ。何度か夢に見たこともあります。だけど、そんな時間もお金もありません」

ちょっとしょげたように三好は答えた。

「では、なんでそんなにお詳しいんですか」

「雑誌を買うくらいのお金はありますのです。はい」

三好は肩をすぼめた。

「では、いまの詳しい知識も雑誌からですか」

客室の構造にも詳しいのに、実際にはあのＭ－Ｗｏｏｄという素材にさわったこともないのか……。

「あとは車輌を解説しているサイトなどからも情報は得ています。別に２８５系は詳しくないほうです。寝台特急でもわたしはどちらかというと、ブルートレインのほうが好きでして。ええ」

「一度、お乗りになればいいのに」

「乗れるくらいなら、あなた方の言う《乗り鉄》になっていますよ。家族の冷たい目を尻目に列車旅などできるものですか」

目を瞬いて三好は答えた。

「ご家族が反対なさるのですか」

三好は小さくうなずいた。

「雑誌を買うだけでもいい顔をしないのに、列車旅行に行くなんて言い出したら、口をきいてくれなくなります。帰ってきたら、わたしの部屋はなくなってるかもしれない。いまは二人の子どもでひと部屋使ってますので……。妻は四人がゆったり暮らせる一戸建てを藤沢市内か隣の茅ヶ崎市あたりで購入したいのです。だから、いまの我が家では無駄な支出は許されないのです」

三好はしんみりとした調子で答えた。

「お気の毒ですね」

「いえ、家族がいるというのはそういうことだと思っています。自分の趣味は二の次三の次にするしかありません。家族の幸せをいつも考えるべきだと思います」

よき家庭人なのではあろう。だが、三好はもっと自己主張してもいいのではないか。

「こんなに列車がお好きなのに……」

「わたしも最初から……その《車輛鉄》だったわけではありません。若い頃はワイド周遊券を使って日本中の幹線、地方交通線を訪ねました。ですが、結婚してからはそうもいかなくなりました。妻を放り出して、長い列車旅行などできるはずはありません。子どもが生まれてからは絶望的な状態になりました。妻も同じ役所勤めですから、家事は分担していますし、子どもの面倒を見なければなりませんから」

三好はあきらめ顔で言った。

「ご家族を大切になさるのはとても素晴らしいことだと思います。でも、ちょっと淋しいですね」

釣り込まれるように三好はうなずいた。

「最初に鉄道旅行にハマったのは高校一年生の夏休みです。北海道ワイド周遊券を使って一〇日間の旅に出ました。この券は北海道までの往復と道内の急行列車と普通列車が乗り放題で有効期間が二〇日間もあった魔法のきっぷでした。一九八八年の夏です」

「三〇年以上前の話ですね」

三好はうっとりとした顔でうなずいた。

「その頃の北海道は素晴らしかったです。宗谷本線の裏ルート天北線、ワイン城で有名な池田とハッカで知られる北見を結ぶ池北線、秘境、朱鞠内湖を縫って走り深川と名寄を結ぶ深名線みたいな一〇〇キロを超える地方交通線がたくさん走っていました。さらに、根釧原野を行く標津線も支線と合わせると一〇〇キロを超えます。わたしは宿泊料金の安い民宿を使ってほとんどを廻りました。でも、わたしが高校生のうちにすべて廃線になってしまいました。その後も北海道内では廃線が続きました」

「JR北海道はまだまだ廃止される線区があるみたいだね」

康長が横から口を出した。

「はい、災害で寸断された日高本線の鵡川と様似の間は廃止が決定しましたし、まだ不通が続いている根室本線の富良野と新得間も同じことになりそうです。さらに留萌本線も廃止の方向で進んでいます」

「北海道には鉄道路線がなくなってしまうね」

「そうなのです。経営合理化を考えれば、やむを得ない側面もあるとは思います。しかし、高校生や老人のなかには鉄道路線が廃止されると、交通手段を失う人がたくさん出てきます。公共の福祉を考えれば、どんなに無理をしても存続させるべき路線も少なくないのです」

三好は眉根にしわを寄せて息巻いた。

春菜は故郷の城端線が廃止されなくて本当によかったと思った。高校生と老人は城端線に頼って生活している者が多いはずだ。

しかし、いまは公共交通機関の経営合理化と公共の福祉のバランスについてディベートをしている場合ではなかった。

「これが被害者の片桐さんが運営していたブログです」

春菜はタブレットを見せた。

「さぁ……《撮り鉄》には興味がないので……」

金森と同じような答えが返ってきた。

「ほかに今回の事件について、なにか気づいたことや気になることはありませんか」

「とくにないですね……被害者の方のご冥福をお祈りするばかりです」

三好は神妙な顔になった。

「わかりました。ご協力ありがとうございました」

春菜と康長はそろって頭を下げた。

報酬の振込の件などを伝えて、春菜たちは三好を送り出した。

店の出口のところで三好がいきなり訊いた。

「ところで、細川さんはご結婚は？」

「いえ、独身ですけど？」

唐突な質問にとまどいつつ、春菜は答えた。

「将来、ご結婚なさるかもしれないんですよね」

「ええ、まぁ……いい相手がいましたら……」

三好は春菜の顔をじっと見つめた。

「結婚する男性の趣味を理解してあげて下さいね」

「そうですね、共感できる趣味を持つ相手と巡り合いたいです」

本音で春菜は答えた。

「あなたなら、きっとそんな人に出会えますよ。では、ありがとうございました」

三好は踵を返して、駅のほうに去っていった。

「あの人見てると、結婚生活というものにあらためて躊躇が出てくるな」

康長がぼそっと言った。

「あれ？　浅野さん、独身ですか？」

これまでのところ、そんな会話をする暇はなかった。

「うーん、それ訊かれるとヤバいんだけど、バツイチだよ」

「そうだったんですか」

どんな事情かわからないのにうかつなことは言えない。

「警察官はいつまでも独身だったり離婚したりすると、出世に響くって言うよな」

「いまでもそうなんですか」

これだけ離婚率が上がっても、そんな感覚を持っているのは不思議としか言いようがない。

「人間はまともな家庭を持ってなんぼだって思うトシヨリは多いみたいだ」

「そんなの個人の勝手じゃないですか」

「俺もそう思うよ。ま、でも出世したかったら刑事なんかにはならないからな」

「刑事って出世できないんですか」

驚いて春菜は訊いた。

自分は出世しようなどと考えたこともなかったので、その手の話題に興味もなかった。巡査部長試験を受けたのは、先輩の女性巡査部長から、階級絶対と女性蔑視の警察組織では巡査と巡査部長の違いは相当に大きいし、仕事の上でもプラスが多いと教えられたのだ。巡査長は扱いとしては巡査と変わらない。

実際に巡査だったときより仕事は格段にやりやすくなった。

だが、その上の警部補となると所轄では係長級の仕事に就かなければならなくなる。

春菜には部下を管理することなどできそうになかった。

将来も警部補試験を受けるつもりはなかった。

「ああ、警務課みたいな管理部門や、警備課とかが出世街道だ」

「でも、刑事の試験って難しいんですよね」

「まぁ、倍率は一〇〇倍を超すらしいな」

「じゃあ、エリートってわけじゃないですか」

康長は大きく顔をしかめた。

「エリートが汗水垂らして靴の底をすり減らして街中を歩き回るのか。血だらけのホトケの死に顔を見にゆくのか。どこもかしこもグショグショで焦げ臭いことこの上ない火事現場に北風を背負って出かけるのか」

皮肉っぽい口調で康長はまくし立てた。

「わ、わかりましたよ」

「机に向かって仕事している管理部門がエリートに決まっているだろう。だけどな、若いうちはドラマの影響なんかで刑事になりたがるヤツは多いんだよ。でも、しんどいからな。もたないヤツも少なくない。いまも三好さんの話を聞くだけ聞いて、役に立つ情報はなにひとつ得られなかったじゃないか。でも、こんなのはふつうのことだ」

たしかに285系のことはよくわかったが、捜査に有益な情報はなにもなかった。

「聞き込みは九割が無駄骨なんですよね」

「ま、そういうことだ」

「わたしは刑事じゃないけど、今日から刑事部勤務です。無駄骨を惜しまず働きますので、よろしくお願いします」

「いい心がけだ」

康長はにっこり笑った。

「ありがとうございます」

春菜は頭を下げた。

「さ、飯でも食ってくぞ」

「今日はもう営業終了ですね」

「じゅうぶんに働いたよ。今日いちにちで大学の講義を二日聴いたより疲れた」

「でも、おもしろい部分もけっこうありましたよ」

「まぁな。俺も列車旅行がしたくなったよ」

春菜と康長は夜の藤沢の街を歩き始めた。

「どこで飯食おうか」

「とりあえずウロウロしてみましょうか」

二人は《オーパ》の前を南に下る道を歩き始めた。

車道のまん中に枝をひろげた広葉樹がずらりと植えられ、中央分離帯の役割を果たしている。

木々からは、驚くほどたくさんのムクドリの鳴き声が聞こえている。

コンビニや銀行、ヘアサロンなどが続く通りをしばらく歩いてゆくと、小田急百貨店と通路でつながった江ノ電藤沢駅から始まる高架線路が並木にとって代わった。

道の右手に、何本かのパームツリーで飾られたエントランスを持つレストランがあった。

茶色い日除けには《JAMMi,N（ジャミン）》とある。

感じがよい外観と温かい店内の照明に春菜は惹きつけられた。

開かれたドアからスパイスのよい香りが漂ってくる。

「浅野さん、このお店はどうですか？」

春菜の誘いに康長は即答した。

「ああ、いいよ。カレーとかあるみたいだな」

エントランス脇に置かれた黒板にはチキンカレーやナシゴレン、ベトナム風まぜご飯などがチョークで書かれている。

エスニックな無国籍料理のお店らしい。

春菜は足取りもかるく店内に入っていった。

五〇代半ばくらいのオーナーシェフと若い女性スタッフが、にこやかに出迎えてくれた。

白っぽい羽目板の壁と磨き込まれたフローリングの床の店内は、明るいアメリカンな雰囲気でリゾート感があって湘南のお店っぽい。

テーブル席ではひと組の三〇代のカップルが食事中だった。

ほかにカウンター席で若い男が一人飲んでいた。

カップルとの間をひとつ空けて春菜たちはテーブル席に着いた。

二人は湘南野菜のバーニャカウダとイカのフリッターのバジル風味を頼んだ。

新鮮な素材のキレのよい美味しさが口のなかで弾ける。

かるく乾杯して、春菜は生ビールを飲み干した。

仕事を終えた後の一杯は、春菜にとっても間違いなく明日へのエネルギーとなってくれる。

スパイシーなチキンカレーは、骨付きモモ肉がまるごとクリーミーに煮込んであって、甘みと辛みのバランスが素晴らしかった。

出てきた料理のすべてに満足して、二人は《ＪＡＭＭｉ，Ｎ》を出た。

「飲み足りないな」

店を出ると、康長が笑いながら言った。

まだ九時にはかなり時間があった。

「ええ、どこかで飲んでいきましょうか」

春菜はうきうきして答えた。

康長はうなずくと、表通りを駅へと戻らずに裏道へ入っていった。

「いい飲み屋は裏町にあるもんだよ」

ところが、裏通りにはブティックや病院、薬局はあるものの、バーらしき店は見つからなかった。

どこをどう歩いたものか、照明の少ない暗い通りに出てしまった。

前方にはシティホテルの灯りが見える。

ちょっと気まずい雰囲気になった。

「おかしいな……飲み屋がない……」

康長の声もなんとなく強張っている。

そのときだった。

横の通りから二人の制服警官が現れた。

五〇代と思しき男と若い男で、地域課の制服を着ている。

近くの交番の地域課員がパトロールしているのだろうか。

「ちょっといいかな」

年かさの警官が声を掛けてきた。

胸の階級章を見ると巡査部長だ。

「なんですか？」

春菜はなんの気なく訊いた。

「どこの高校？」

警官は春菜の全身を眺め回して訊いた。

「え……高校って」

「一緒にいるのは親御さんじゃないよね？」

「そうですけど」

職務質問だ。

もちろん趣旨はわかった。

自分も江の島付近のホテル街で、同じ質問をした覚えがある。

どことなくこちらを馬鹿にしたような警官の態度に、春菜はムッとした。

「こんなところでなにしてるのかな？」

ちょっとニヤついて警官は訊いてきた。

「なに……って、飲み屋を探してんだよ」

康長の声には怒りがにじんでいた。

「へぇ、飲み屋なら駅からここへ来る途中に、いくらでもあるでしょうが」

こういう感じの悪い訊き方は、同業者としてガマンができなかった。

「並木通りのほうから来たんですが、飲み屋さんはなかったですよ。でも、どこでなにしてもわたしの自由でしょ」

春菜は尖った声で言った。

「そうはいかないよ、パパ活とかはまずいからねぇ」

やっぱりその趣旨の質問だった。

「あのね……」

あきれて春菜は答えを返す気にもならなくなった。

「パパ活だったらどうする?」

康長はふてくされたような声を出した。

「そりゃあ、犯罪行為だよ、あんた」

かさにかかった態度で巡査部長は答えた。

「君は市民をあんた呼ばわりするのか」

眉間にしわを寄せた康長は、問い詰めるような声を出した。

「それがどうしたって言うんだよ」

巡査部長は居丈高に肩をそびやかした。

「とにかくお嬢ちゃん、学生証見せて」

若い巡査が猫なで声で言った。

春菜はいい加減面倒くさくなってきた。

「はい、学生証」

警察手帳をポケットから取り出して巡査に渡した。

相手が警官なので、いきなり奪われる心配もない。

春菜の警察手帳を見て二人の警官は驚きの表情に変わった。

「け、警察官……」

巡査部長は絶句した。

「そう、あなたと同じ警察官ですよ。わたしは刑事総務課の細川。こちらは、捜査一課の浅野警部補です」

「えっ！」

若い巡査が目を剝いた。

「げえっ」

巡査部長は仰け反った。

警部補は彼らにとっては係長に当たる階級である。

「職務に熱心なことは評価しよう。でも、君たちの市民に対する態度は芳しくない。もっと丁寧に応対したほうがいいな」

康長は皮肉な口調でたしなめた。

「失礼しました」

若い巡査は姿勢を正して頭を下げた。

「申し訳ない」

年かさの巡査部長は顔の前で手を合わせた。

「もう解放してもらえるかな？」

康長はさらりと訊いた。

「もちろんです」

「どうぞお気をつけて」

二人の警察官は挙手の礼で春菜たちを見送った。

春菜たちは後ろも振り向かずにその場を立ち去った。

しばらく歩くと、赤提灯が並んでいる焼き鳥屋があった。

「ここでいいな？」

「ええ、とりあえず入りますか」

いまの騒ぎで、せっかくの酔いが醒めた。

春菜としては、このまま帰りたくはなかった。

二人は焼き鳥の盛り合わせとホッピーを頼んだ。

飲み物が届くと、あらためてお疲れさまの乾杯をした。

「とんだ目に遭ったな」

康長は苦笑を浮かべた。

「まぁ、よくあることですよ」

「職務質問されたことあるの？」

「さすがにパパ活を疑われたのは初めてですけど、未成年じゃないかって、深夜に地域課員に呼び止められたことは何度かあります」

春菜は口を尖らせた。

康長は鼻から息を吐いた。

「若く見えすぎるのも考えものだな」

「そうですよ、損なことのほうが多いです」

「それにしても、パパ活には参ったよ。俺ってそんなスケベそうに見えるのかな」

康長は大仰に顔をしかめてみせた。

「いや、あの巡査部長がスケベなんですよ。そういうヘンな目で人を見てるから、パパ活なんかを疑うんです」

「なるほどなぁ。それにしても、これからは首から警察手帳ぶら下げて歩かなきゃならないな」

「帰りがけに、小田急百貨店でネックストラップ買っていきましょう」

二人は大笑いした。

たった一日で、康長との距離が縮まった気がしていた。

彼とバディを組むのは間違いなく楽しい。

陽気さを取り戻した春菜は、二杯目のホッピーを頼んだ。

店の雰囲気と不釣り合いなBiSHの『FOR HiM』に合わせて、春菜は身体をいつの間にかかるく揺すっていた。

明日からまた思いっきり働こう。

そんな情熱が春菜の胸に蘇ってきた。

第三章　撮り鉄のこころ

1

翌日は武井要介と面談する約束ができていた。

金森から話を聞いた横浜駅東口地下街《ポルタ》の同じ喫茶店で、春菜はひとあし先の六時五〇分に康長と待ち合わせていた。

「いや、ぜんぜんダメだ」

のどが渇いているのかアイスコーヒーをごくごく飲みながら康長は嘆いた。

「捜査進んでないんですね」

「捜一と戸塚署で五〇人体制なんだが、今日いちにちの成果はゼロだよ」

「地取り班は目撃情報が取れなかったんですね」

「ああ、死体発見現場の近隣を線路向こうも含めて虱潰しに当たっているはずなんだが、目撃者は出てこない」

「鑑取りはどうですか」

「ダメだね。片桐さんは会社ではまじめな勤務態度で同僚ともうまくやっていたらしい。悪い評判は出てこない。交友関係は狭いようだが、いまのところこれといった問題が出てこないよ」

「《撮り鉄》関係はどうなんですか」

「会社の同僚たちも学生時代の友人たちも、誰もが片桐さんが鉄チャンであったことを知らなかった。だから、リアルな人間関係で鉄チャン仲間には辿り着けないんだ」

「ブログはどうなんですか」

「前にも言ったように、彼のブログは閲覧者が多いんだが、コメント欄が閉じられているので、訪問者には個性を見出すことができない。アクセス数が異常に多い者もいない。令状取ってIPアドレスの開示を求めても無駄だろうと思う」

「つまり、いまは捜査は……」

春菜は言葉を呑み込んだが、康長は気弱な笑みを浮かべて話を続けた。

「そう、八方塞がりだ」

康長はアイスコーヒーを飲み干した。

そのとき、店の入口の方向から茶色いレザーのフライトジャケットを着た男が近づいて来た。背が高く筋肉質な男だった。

「もしかして警察の方ですか」

男は身体を折るようにして、春菜たちに声を掛けた。

テーブルには、さっき地下街の書店で買った寝台列車の書籍が置いてあった。鉄道関係の本を目印にすると伝えてあったのだ。

「あ、武井さんですね」

春菜は明るい声を出した。

「そう。武井要介です」

武井はかるく頭を下げた。

少しだけ黒の交じる白髪をオールバックにしている。陽に灼けた四角い顔立ちは彫りが深く、精悍な感じがする。

ハーレー・ダビッドソンなどに乗ったら、似合いそうな雰囲気だ。

「お疲れさまです。刑事部で登録捜査協力員の皆さまの担当をしている細川です」

「同じく刑事部の浅野です」

二人は腰を浮かせてあいさつした。

「いや、細川さん若いねぇ」

春菜の前にどかっと座った武井は、大きな声を出した。

「はぁ……」

「いったい、いくつなの？」

いきなり年を訊かれたのは初めてだが、素直に答えることにした。

「二八です」

「嘘だろ。一八くらいにしか見えないよ」

目を大きく見開いて春菜の顔を穴の開くほど見つめた。

「なにかお飲み物でも」

「じゃあマンデリンを頼みたいな」

春菜は店のスタッフにコーヒーを注文した。

「それにしても、きれいな刑事さんだねぇ。捜査協力員に登録しといてよかったよ」

武井は目尻を下げた。

なんの脈絡もなく容姿のことに触れるのはセクハラだ。

それに、春菜は刑事部所属だが、刑事捜査員ではない。

だが、この際、そんな話より優先すべきことがある。

まず、春菜は守秘義務について説明した。

武井は真剣な顔で聞いて、他言はしないと約束した。

続けて春菜は事件の概要を説明し始めた。

「三月二八日に起きた事件に関連して、お話を伺いたくてお呼び立てしました」

「あれだろ、《撮り鉄》が清水谷戸トンネルの上で絞め殺されたんだってな」

眉をひそめて武井は言った。

「ご存じでしたか」

「うん、新聞で読んだよ。だけど、かわいそうだねぇ。《サンライズ出雲・瀬戸》撮っているところを紐かなんかで首絞められたんだってな」

「それで、登録捜査協力員の皆さまのなかで、鉄道にお詳しい方に順番にお話を伺っているんです」

「俺みたいな人間のところに聞きに来るってことは、警察の捜査は進展してないってわけだな」

武井は小さく声を立てて笑った。

「捜査はまだ始まったばかりですから」

春菜は如才なく答えた。

「でもさ、要するにホシ割れしてないってことだろ？」

武井は警察の隠語を使って訊いてきた。

最近は小説やドラマの影響で、警察の言葉を知っている一般人が増えてきたので、驚くことではない。

「そうです。いまのところ、犯人はわかっていません」

こんなところで真実を隠したら、この先、質問が進められなくなってしまう。

「役に立つことを話せるかどうかはわからないよ」

笑いを唇の端に浮かべたまま、武井は言った。

「いえ、どんなことでもかまわないのです。武井さんがお気づきのことを伺いたいのです。被害者は片桐元也さんという二九歳の会社員の方です……」

事件の概要を話し始めたら、いきなり武井は掌をひらひらさせた。

「その男の名前、知ってるよ」

こともなげに武井は言った。

春菜と康長は無言で顔を見合わせた。

「本当ですかっ」

意気込んで春菜は訊いた。

「と言っても、直接知ってるわけじゃない。名前とそいつの撮った写真だけだけどね」

武井はあっさり言った。

いくらかがっかりしたが、それでも有力な情報には違いない。

「どこで見かけたんですか」

「片桐元也って名前は、鉄道写真のコンテストじゃ、時々見かけるからね」

「雑誌社のコンテストなんかですか」

「おもにそうだね。カメラメーカーや鉄道会社のコンテストでも見たな。入選とか佳作がほとんどで優秀賞などは取ってないみたいだけどね」

驚きの表情を浮かべて康長は口を開いた。

「片桐さんはヨメーバで《モトちゃんの撮り鉄的日乗》というブログをやっていました。人気のあるページで毎日数千件ものアクセスがあったようです。でも、このブログにはコンテストに入選したなんてことはどこにも書いてなかったんですよ」

「そりゃ、ブログには載せてないだろう。身バレしちゃうからね」

武井はあたりまえのことだという顔つきで答えた。

「特捜本部はなにやってんだろうな」

康長が舌打ちした。

「ブログについては片桐さんが運営してるってわかってたわけですからね」

「ああ、このブログに現場近隣の鉄道写真が多いことに気づいた捜査員がいてね。令状取ってヨメーバに情報開示させた。だけど、彼のコンテストの入賞経験なんてのは初めて聞いたよ」

苦々しげに康長は言った。

「さすがに、鉄道雑誌やカメラ雑誌までは、まだチェックできてないんじゃないんですか」

そうした雑誌類を、バックナンバーまでチェックするとなると莫大な作業量になるはずだ。

「それでも片桐さんの名前でググれば、サイトに転載してるコンテストだってあるんじゃないのかな……」

康長の声の調子が少し落ちた。

写真コンテストの結果などは、必ずしもネットに掲載されているとは限らないだろう。

「まぁ、いまわかったんだからいいじゃないですか」

春菜はなだめるように言った。

「これが片桐さんが生前やっていたブログです」

康長はタブレットを取り出して《モトちゃんの撮り鉄的日乗》を見せた。

「ちょっと待ってくれ。最近、これがないと手もとがよく見えないんだ」

武井はポケットに入っていたケースから銀色のシニアグラスを取り出して掛けた。

「なるほどね、このトップの《北斗星》も、ある程度の腕のある人間が撮ったものだ」

「たしかに上手とは思いますが……武井さんはもしかして《撮り鉄》なんですか」

春菜は期待をこめて訊いた。

「そうだよ、明るい鉄道ファンの《撮り鉄》だ」

武井は歯を剝き出して笑った。

やった！　とうとう《撮り鉄》に出会えた。

「明るい鉄道ファンっていうのは、どういう意味ですか」

「いや、だってさ、鉄道ファンって暗いヤツが多いだろ。一人で黙々と電車乗ったりして。それから、本ばっかり読んでるヤツとか。時刻表暗記してるヤツもいるな。あとはなんだか駅のホームでラウドスピーカーにマイク向けてたりしてさ。俺たち《撮り鉄》は表に出て、青空の下で写真撮るわけだから、明るい趣味じゃないか。実を言うと、《乗り鉄》だの、《車輛鉄》だの、《時刻表鉄》みたいな連中と一緒にしてほしくないのが正直な気持ちさ」

武井はいささかわざとらしく口を尖らせてみせた。

「そ、そうなんですか……」

金森は《撮り鉄》をなにかと悪く言っていたが、ジャンルが違うと、お互いに相手のことをよく言わないようだ。

同類厭悪なのだろうか。

いや、鉄道を対象とはしているが、《乗り鉄》と《撮り鉄》はまったく違う趣味だと言ってもよいのかもしれない。

「話を戻しますけど、この片桐さんの写真は技術的にすぐれているのですか」

「そうだね、まったくのトウシロはこんな写真は撮れない」

「どういうところがよいのでしょうか」

「まぁ、この場所の場合、立ち位置が限られちゃうから、アングルはズーム使ってもみんなおなじようなものになりがちなんだけど……」

武井はタブレットを覗き込んで言葉を継いだ。

「まずボケだな」

「ボケ……どんな点が上手なんですか」

「この地点を通過するときには、たいていの列車が九〇キロ以上は出ている。となると、あんまりゆっくりシャッターを切ると、被写体ブレしちゃうんだ。できれば五〇〇分の一秒より短いスピードで切りたいところだ。となると、光によっては絞りをある程度開けなきゃならない。しかし、レンズには被写界深度ってのがあって、絞りを開けすぎるとボケが発生する。鉄道写真の基本はパンフォーカスと言って、少なくとも列車の先頭から後ろのほうまでにピントが合っているように見える撮り方をする。だけど、この《北斗星》は先頭から中間車輛まできちんとフォーカスの範囲に入っているし、もちろん被写体ブレもしていない。たぶん絞りはf8くらいを使っていると思うけど、ピントを合わせる位置がいいんだよ」

「はぁ……ピント合わせの位置ですか」

春菜は現場写真などを撮るときも、真ん中にしか合わせない。ほかの場所にピントを合わせるなどという技術があることさえ知らなかった。

「ボケを活かすともっといい写真が撮れるが、パンフォーカスよりさらに難しい。この場合には、きちんと意識してボケをコントロールしないと、単なるピンボケ写真になってしまうんだな」

「いろいろと難しいんですね」

写真の素人としては、武井の話についてゆくので精一杯だ。

康長も黙って武井の話に聞き入っている。

「このブログには、コンテスト入選写真と同じときに撮った別ショットなんかがアップされているかもしれんね。いや、慎重なヤツだとそれも避けるかもな」

武井は考え深げに言って言葉を継いだ。

「ところで、この写真は有名な撮影ポイントで撮ったものだ」

「東大宮〜蓮田と書いてありますね」

「俗に《ヒガハス》なんて呼ばれている場所だ。《撮り鉄》の聖地と呼んでいる連中もいる。下蓮田踏切の近くでね、ちょっと下りた田んぼのあたりなんだ。そう、JR宇都宮線の蓮田駅から歩いて二〇分くらいの場所かな。ローアングルから田んぼを前景にいい写真が撮れるんで、天気のいい休みの日なんかは一〇〇人くらいはざらに集まるよ」

「すごいですね」

光景を想像すると、なんだかおかしさがある。一〇〇人もの《撮り鉄》が三脚を立て、レンズを並べて列車が来るのを待ち構えているのだから。

「ところが、《ヒガハス》は、本当は五〇人くらいがせいぜいの場所なんだ。それでいろいろな問題が起きる」

「問題と言いますと、どのような？」

「まず場所取りで喧嘩になる。通行する地元のクルマの進行を妨害する。道路からはみ出て田んぼや畑のなかに足を踏み入れる。それどころか農地にゴミを捨ててゆく。とんでもないヤツがいるんだ」

武井は大きく顔をしかめた。

「ひどいですね」

春菜は本気で腹が立ってきた。

自分の実家のまわりは田んぼだらけだ。

春菜の家は農家ではないが、親戚には兼業農家が少なくない。幼い頃から農家の苦労は知っている。

「一〇〇人いれば、そんな輩が五人くらいはいるものだ。こういうヤツらは《撮り鉄》ではなく、《クズ鉄》と呼ばれている」

吐き捨てるように武井は言った。

「言い得て妙ですね」

康長が引きつった笑いを浮かべた。

「だから、俺はもうこういう有名ポイントには行かないことにしたんだ。そういう迷惑行為を平気でやる連中と一緒にいたくないからな。それだけじゃない。目の前で田んぼにでも足を踏み入れているヤツなんぞを見たら、黙ってられないと思う。だけど、注意したら、そんなヤツらは逆に殴りかかってくるかもしれない。列車の写真撮りに行ってケガするなんて馬鹿げた話はないからな」

まじめな顔で武井は言った。

「違法行為を見かけたら、我々を呼んでくれればいいんですよ」

康長の言葉に武井は口を尖らせた。

「いや、ちょっとしたことじゃ警察は相手にしてくれないさ。浅野さんだって田んぼや畑に足を踏み入れたくらいじゃ逮捕しないだろう」

「そりゃまぁ、そうですが」

康長は言葉を濁した。

たしかに田んぼや畑にちょっと足を踏み入れたくらいのことで通報されては、地域課員はたまったものではない。

「だけど、農家にしてみりゃいい迷惑だよ」

「おっしゃる通りですね」

「《ヒガハス》の話じゃないけど、こうした迷惑行為は枚挙にいとまがない。撮影の邪魔になるからって言って、民家の桜の枝を勝手に切ってしまったり、鉄道会社が設置している立入禁止のフェンスをニッパーで切断したりする者さえいる。撮影のために一般の乗客を排除しようとするヤツもいる。写真を撮ろうとして線路内に侵入して列車を止めてしまった人間さえいるんだ」

武井は苦々しげに言った。

《撮り鉄》の迷惑行為は思ったよりも悪質らしい。いや、これは迷惑行為ではなく、立派な犯罪だ。春菜の胸にあらためて怒りがこみ上げた。

「破壊行為は刑法の器物損壊罪に該当しますし、排除行為は行為の態様によって暴行罪などに該当する場合もあります。立入行為は鉄道営業法違反のほかに往来危険罪に当たります。そのレベルになれば、我々はきちんと対応しますよ」

康長は警察官らしい言葉を発した。

「まぁ、そんなひどいのは、ほんの一部のファンだが、傍若無人な輩はいる。彼らは列車のきれいな写真を撮るためにはなにも目に入らなくなるんだな」

「他人に迷惑を掛けていい趣味なんて世の中にあるはずがありません」

春菜の声は怒りに震えた。

「だから俺はこういう走行写真を撮るのをやめた。鉄道を風景の一部として取り入れた鉄道風景写真にテーマを限るようになったんだ」

「なるほど、山や海と一緒に列車を撮るわけですね」

内心の怒りを鎮めて、春菜は明るくうなずいた。

「そう。たいてい俺は広角レンズを使ってパンフォーカスで撮る。列車は小さくしか写らないが、青い海や緑の山、桜並木や雪原なんかと一緒に撮るのは楽しいよ」

武井の表情もにこやかになった。

「あの、もしかして鉄道写真にも細分化したジャンルがあるんですか？」

春菜の問いに、武井はあたりまえだという顔でうなずいた。

「そうだよ。このブログに載っているような写真は走行写真とか編成写真、または構成写真と呼ばれるジャンルなんだ。俺がいま撮っているのは鉄道風景写真だ。ほかには、形式写真といって駅のホームなどに停車しているところを図鑑のように写すジャンルもある。ちょっとマイナーだが、車内写真もあるし、列車の窓から外を撮る車窓写真というジャンルも存在する。いちばんメジャーなのは走行写真だが、鉄道風景写真もなかなか勢いがある。コンテストでもこのふたつのジャンルからの入選が多いね」

趣味というものはどこまでも細分化してゆくのだな、と春菜は感じた。

「鉄道風景写真のジャンルには、有名撮影ポイントはないんですか」

「そりゃあ、鉄道風景写真にも有名な場所はあるさ。だけどね、アイディア次第で人の知らないポイントを探すことはできる。だから、長玉も持ってくんだ。山蔭から現れる列車なんかを遠いところから五〇〇ミリの超望遠なんかで狙うとおもしろい写真が撮れるよ」

武井は楽しそうにほほえんだ。

「ところでさ、犯行現場の写真なんてのを警察は撮るんだろ？」

いきなり武井は話題を変えた。

「ええ、そりゃあまぁ撮りますけど」

とまどいがちに康長が答えた。

「ちょっと見せてくれないかなぁ」

武井は身を乗り出した。

「いや、それは難しいですね」

康長はやんわりと断った。

「いや、別に死体の写真見せてくれって言ってるんじゃないよ。片桐って人がどんなカメラとレンズを使ってたのか見たいだけだよ」

もしかすると、参考になる意見が聞けるかもしれない。

「わかりました。では、機材が散らばっている写真だけをお目にかけます」

康長も同じことを考えたようだ。

自分のタブレットをタップして、現場写真を表示した。

「いいレンズ使ってるなぁ」

写真を見るなり、武井は低くうなった。

「高級レンズなんですか」

「こいつはキヤノンのニッパチズームで、七〇ミリから二〇〇ミリの万能選手だ。安く買っても二〇万以上はするよ」

たしかに白い鏡筒のレンズは高価だと聞いたことがある。

「そんなに高いんですか……ところで、ニッパチってなんですか？」

「開放f値が2・8ってことだ。難しい説明は避けるけど、明るい高級レンズだよ」

言葉を切った武井はちょっとの間考えていた。

「殺害現場は清水谷戸トンネルの上だったろ」

「そうですが……なにか？」

「ちょっと短い気がするんだよ。俺もあのポイントには一回行ったことがあるけど、ズームで一五〇ミリの望遠域くらいを使った記憶がある。片桐って人は何回もその場所に行ってたのかな？」

「少なくとも二回目だったと思いますよ」

「じゃあわかってて二〇〇ミリを持ってったんだな。さすがだよ。俺なら三〇〇ミリの望遠域がほしいから、f値の暗い二八ミリ〜三〇〇ミリあたりを持ってくだろうな。でも、写りが違うからなぁ」

武井は感心したような声を出した。

「なるほど……」

よくわからないので、春菜はとりあえずうなずいておいた。

「カメラはＥＯＳ５ＤのＭａｒｋⅣか。ボディが三〇万円台前半だ。片桐ってヤツは相当に入れ込んでたんだな。コンテスト狙いだったんだろうなぁ……まぁ、俺もおんなじようなもんだけど」

「武井さんもカメラにお金掛けてるんですね」

「うん、年取って危ないからって、バイクはカミさんに取り上げられたし、いまや唯一の趣味になっちゃったからね」

武井は照れたように笑った。

やはり武井にはバイクに乗る趣味があったのか。春菜は自分の直感が当たっていたことがおかしかった。

「新聞には撮ってた時間は六時三五分頃って書いてあったよな」

「そうです。夜明けをイメージする列車だから、朝の光のなかで撮りたかったのでしょうね」

「朝はね、山蔭で陽の射さないところは、意外と暗くて被写体ブレを起こすんだ。ｆ値が

２・８なら、開放で撮りゃブレないけど、そのかわりボケボケの写真になっちまう。やっぱり、ｆ８くらいの中間絞りで撮りたいところだよな」

「いま武井さんが言ったようなことを本人がブログで書いていましたよ」

康長はブログの三月一三日金曜日の投稿を表示した。

――灯台もと暗しでいままで撮ってなかったが、早朝の清水谷戸トンネルで５０３２Ｍ撮るのむずかしい。惨敗。見事な被写体ブレ。右手の山の蔭になって陽が入らない。ＩＳＯ上げると、画像荒れるし、リベンジだな。

「そうだろ。俺の言う通りじゃないか」

武井は得意げに鼻をうごめかした。

「ちょっとそのタブレット貸してくれるか」

「いいですよ」

康長は武井にタブレットを渡した。

武井はしばらくの間、《モトちゃんの撮り鉄的日乗》のいくつかのページの写真に見入っていた。

「この片桐って男、夜間撮影にも挑戦していたみたいだな」

顔を上げた武井は、興味深そうな声を出した。

「夜間撮影は難しいですよね」

山蔭でも暗いのだから、夜はさらに困難であることは素人でも想像がつく。

「大変に難しい。だけど、夜の闇に紛れてある程度はＩＳＯ感度も上げられるからね。それにだいたいは駅のホームか、市街地、あるいは明るい看板が背景にあるところなんかで撮るんだ。片桐は夜の横浜駅で形式写真を撮っている。なかなか上手だけど、こんなのではコンテストには入選できない。あるいは形式写真はテスト撮影だったのかもしれない。何枚か、夜間の走行写真があるな」

武井はタブレットを掲げて見せた。

上から見おろすようなハイアングルで東海道線を撮った写真だった。

「これは東海道線の戸塚と大船の間の飯島橋(いいじまばし)付近と書いてあるな。そう言えば、夜間撮影の名所のひとつだよ。ここはね、近くの工場の灯りで夜間でも撮れるんだよ。さすがにずいぶんと明るいな」

つぶやくように武井は言った。

「ところで、武井さん。あくまでも可能性の話ですが……」

慎重に康長は切り出した。

「なんだい、深刻な顔して？」

「片桐さんは鉄道写真のコンテストで何度か入選していたわけですね。たとえば、《撮り鉄》仲間っていうのは、そういう成功を嫉妬する人もいるんじゃないでしょうか」

「もちろん、ヤキモチ焼くヤツはいるよ。《撮り鉄》がほかの鉄道ファンと大きく違うのは、自己顕示欲とか承認欲求とかがつよい人間が多いってことだ。少なくとも、ブログやSNSに発表したり、コンテストに応募するヤツはそうだ。かく言う俺も目立ちたがり屋さ」

武井はまた照れたように笑った。

「じゃあ、あるいは、《撮り鉄》同士のトラブルで……」

康長の言葉を、武井は顔の前で手を振って否定した。

「だけどね、いくらなんでも、コンテスト写真のことからヤキモチで人殺しをする人間はいないだろうよ」

「《撮り鉄》仲間の暴力沙汰なんて聞いたことありませんか」

康長の声には期待がにじんでいた。

「口げんかは別として、暴力沙汰はないね。《撮り鉄》っていうのは二〇代から三〇代くらいの若いヤツと、俺みたいな還暦過ぎのジジイが多いんだ。だけど、若いヤツはたいていチキン野郎だし、トシヨリはもうそんな元気がないヤツばっかりだよ」

武井は声を立てて笑った。

「なるほど……《撮り鉄》が犯人という筋はないかもしれませんね」

あごに手を当てて、康長は考え深げに言った。

「むかしの《撮り鉄》はコソコソ撮っていておとなしかった。やっぱりいい大人が列車の写真を撮ることに、なんか肩身の狭さを感じてたんだろうな。ところが、一五年くらい前から、《撮り鉄》の気質が変わった。無神経で図々しくて他人のことを考えない自己中心的な人間が増えてきたんだ」

苦り切った顔で武井は嘆いた。

「なぜなんでしょうか」

春菜には不思議に思えた。

「これは俺の推測なんだが……ひとつはデジカメの普及だな。一五年くらい前から写真趣味の世界もデジタル化が急速に進んだ。フィルムカメラ時代は青空をきちんと撮るのにもある程度の技術が必要だった。だが、いまはシャッターを切れば誰でもそこそこの写真が撮れる。昔はフィルム代も現像代も高くて相当にランニングコストが掛かったが、いまはカメラとレンズを買えばあとは金が掛からない。以前は発表する場だって写真雑誌のコンテストを狙うくらいしかなかった。いまはネットという発表の場が生まれた」

「インスタをはじめ、誰でも簡単に写真を発表できますからね」

あごを引いて武井は静かに続けた。

「これはとてもいいことなんだ。写真表現を誰でも気軽にできるようになったんだからな。そういや、いままで写真に縁のなかった人が、自分の美意識を表現する手段を手に入れたんだから。そういや、シンセサイザーが普及したときに坂本龍一が、音楽表現が誰でも容易にできるようになったと同じようなことを言っていた。だけど、カメラ人口が増えると裾野が広がるから、ロクでもないヤツが増えるのもあたりまえだ」

納得できる理窟だった。

「どんな趣味でも、裾野が広がりすぎると、質が落ちるみたいですね」

春菜の言葉に武井は大きくうなずいた。

「そうだよ、なにも《撮り鉄》に限ったことじゃあない。一般の風景写真だって同じような現象が起きている。俺は鉄道写真と並行して、たまには風景を撮っているんだ。と言うより、もともとは風景写真を撮っていたのさ。それが予讃線のある場所で夕暮れの瀬戸内海を撮っていたら、たまたま気動車がやって来て、あかね色の三野津湾に浮かぶ島々と、走り来る気動車と、沈む三日月という最高にいい写真が撮れたんだ。それで、俺は《撮り鉄》の世界に入っていったんだな」

武井はそのときの瀬戸内の夕暮れを思い出すかのような表情で語った。

「話を伺っているだけで美しい情景が目に浮かびます」

「そりゃあきれいな景色だったよ。で、話を戻すけど、あるとき尾瀬ヶ原の鳩待峠から山の鼻に下りるあたりで花を撮っているオッサンに出会った。サンカヨウという白い花で、雨に濡れるとガラス細工みたいに透明になる。種としても貴重だ。撮りたくなる気持ちはわかる。ところが、そのオヤジ、撮影の邪魔になるまわりの草をハサミで切っちゃってるんだ」

「国立公園内でですか」

春菜は絶句した。

「そうさ、俺はもちろんその場で注意した。オヤジは『あんた、ここの管理人かよ』って食って掛かってきた。俺もいまよりは若かったから、頭にきて『そういうことじゃねぇだろ』って言い返したさ。もう少しで殴り合いになりそうだったけど、ぐっとこらえて睨んでるうちにオヤジは逃げ出した。そのときだけじゃない。写真趣味が引き起こすトラブルってのはあちこちで見かけるよ。だけど、さすがに殺人となるとなぁ。なんて言うか、レベルが違う気がするな」

武井はゆるゆると息を吐いた。

「たしかに暴言を吐くのと、人を殺すのは別次元の行為ですね」

両者では規範的障害……つまり、犯罪を実行することを躊躇させる気持ちが大いに違ってくる。

「でも、ものの弾みってヤツはあるからなぁ。言い合いしてたら、だんだんエスカレートして殴ったら死んじまったっていうような……そんなのでケガ人が出た話は知ってる。だけど、今回の事件はその場でカッとなって殺しちゃったてな話じゃないんだろ？」

「ええ、現場は人目につきにくい環境です。犯行もきわめて短時間に実行されたと思われます。種々の条件から考えて、計画的な犯行と考えられます」

康長はきっぱりと言い切った。

春菜にももちろん異論はなかった。

「そうだとしたら、《撮り鉄》同士のもめごとってのは考えにくいよなぁ」

「《撮り鉄》同士のもめごとじゃなくて、一般の人とのトラブルについて、なにかご存じの話はありませんか」

春菜は質問を変えた。

「これはYouTubeに投稿された動画がネットで話題になったんで俺自身が経験したことじゃないんだが、さっき話した蓮田市の《ヒガハス》で起きたちょっとした事件なんだ。一年前のいまごろの話だ。あそこの田んぼ沿いに桜が植わってるんだけど、その日はツアー臨時列車の《カシオペア》が通過する予定になっていた。桜の花とめったに見られない豪華寝台列車の組み合わせだ。それこそ一〇〇人近い《撮り鉄》が集まっていたらしい。望遠レンズつきのカメラと三脚がずらりと並んでいたはずだ。集まった連中はきっと何時間も前から場所取りをしていただろう。《撮り鉄》の期待が高まるなか、ついに左手からEF65電気機関車が牽引する銀色のカシオペアが姿を現した」

「一〇〇人がいっせいにシャッターを切るところですね」

「ところが……折悪しく、反対側の右手から白っぽい小型乗用車がゆっくりと、徐行運転で現れた。その場所はレンズの放列と線路の間に公道があるんだよ。《撮り鉄》たちは『クルマ止めちゃえ』と話してから大声で『ストップ！　ストップ！』と叫んだ。異変に気づいたクルマはいったんは停まろうとしたが、結局停まらなかった。すると、今度は『おい！』『行け、行けよ、早く行け！』などと罵倒し始めた。そこへ《カシオペア》が走行音を響かせて通過した。シャッターチャンスを逃した《撮り鉄》たちはクルマに向かって『死ね、死ね』『死ねよ！　ゴミ！』と聞くに堪えないような罵声を浴びせかけたんだ。この動画はSNSなどでも拡散され、《撮り鉄》に対する世間の憎悪を煽る結果となった」

武井は不愉快そうに眉間にしわを寄せた。

「公道を通行するクルマを正当な権利なく停止させようという行為は強要罪に当たる可能性がありますね。また、『死ね』などと罵倒する行為は侮辱罪もしくは脅迫罪にもなりかねません」

即座に康長が答えた。

「鉄道ファンの弁護士がやっているサイトでもそんなことが書いてあった。しかし、《撮り鉄》のなかには、多額の金と時間を掛けて狙っていた貴重な一瞬を心ない通行で邪魔されたのだから、怒ってあたりまえだという意見もちらほら見かけたよ」

「場所が公道ですからね。そんな理窟は法的、社会的に成り立つわけがありません」

春菜もなんだか腹を立てていた。

「まぁ、そこに集まっていた一部の者なんだが、大人として行動するルールやマナーが理解できず、手前勝手な行動を取る連中がいるわけだ。俺はね、その動画を見たときに顔から火が出る思いだった。走行写真をやめて本当によかったと思った。あんな連中と十把一絡げに見られるのはまっぴらだからね」

武井は首を横に振った。

「ほかにも鉄道ファン以外とのトラブルの話とか聞いていませんか」

春菜は期待をこめて尋ねた。

「これはまた聞きなんで、不正確かもしれんがね。いまの《ヒガハス》罵倒事件に似た話を、ひとつ知っている」

「ぜひ話して下さい」

「四年前に小田原市の早川と根府川(ねぶかわ)間の玉川橋梁を通過する東海道線の列車撮影でトラブルが起きたと聞いている。ここも超有名ポイントでね。玉川橋梁といっても長い立派な橋が石橋集落を一跨(ひとまた)ぎしているところだ。鉄橋の向こう側は青い相模湾で、おあつらえむきなことに鉄橋の始まるところには石橋山トンネルまである」

「もしかして、石橋山古戦場の近くですか」

康長が訊くと、武井は嬉しそうにうなずいた。

「そうだよ。その古戦場あたりがちょうど撮影ポイントだ」

「どんな戦いがあったところなんですか」

春菜は正直言って歴史には暗い。

「平安の終わりに源頼朝が平家方の大庭(おおば)氏と戦ってボロ負けして船で安房国(あわのくに)へ逃げたという有名な古戦場だよ」

康長はさらっと答えた。

「へぇ、浅野さん、歴史に詳しいんですね」

「神奈川に住んでりゃ常識だぞ」

康長はあごを突き出した。

「すみません、常識なくて」

春菜は小さくなった。

武井が咳払いしたので、春菜と康長は首をすくめた。

「ここはミカン山のなかを細い農道がくねくねと通っているような場所だ。で、その日も珍しい臨時列車かなんかが通ったんだな。ところが、《ヒガハス》事件と同じように、ちょうどいいところで通行車両の邪魔が入った。《撮り鉄》の誰かがクルマのドライバーと大げんかになって警察沙汰になったと聞いている」

「よく似た騒ぎですね」

「構造的には同じだな。で、これは単なる噂に過ぎないんで、あまり真剣に受け止めてほしくないんだが、騒ぎを起こした男の一人が県内に住んでいる鉄道写真コンテストの入選常連者だったと聞いているんだよ」

「本当ですか！」

春菜と康長は同時に叫んだ。

「いや、俺もまた聞きで、ぜんぜんたしかな話じゃないよ。もとの話は、どこかのＳＮＳへの書き込みらしいんだけど、とっくに消えちゃってるだろ。どっちにしても、いわゆる、ソースはいい加減だ。間違っていても責任は取らんよ」

武井は唇を歪めて笑った。

「ありがとうございます。調べてみます」

春菜は弾んだ声で礼を言った。

「でも、四年前の話だし、SNSを辿るのは難しいだろう」

康長は渋面を作って唇を歪めた。

「難しいですかね」

「SNSやプロバイダーのログ保存期間は、通常、三ヶ月から六ヶ月だ。長くて一年くらいだろう。四年となると、その投稿を見つけ出すことは困難だ。まあ、誰かに調べさせよう」

力ない声で康長は答えた。

ひと通り話を聞いたところで、武井にも例の音源を走行音部分だけ聞かせてみた。

だが、武井も首をひねるばかりで、とくにめぼしい収穫はなかった。

「武井さんのお勤め先は《オフィスD》とありますが、どんなお仕事なんですか」

鉄道以外にカメラなどにも詳しい武井はどんな職業だろうかと思って最後に聞いてみた。

「グラフィック・デザイナーだよ。そこは俺の事務所だ。自営だから六三歳になっても働かなきゃなんない」

　武井は苦笑いした。

　春菜は意外に思った。武井には鉄工所の社長などを思わせる雰囲気がある。

「だがね、もう半分引退してるんだ。事務所は後輩に任せてる。だから、鉄道風景写真なんて撮ってられるんだよ」

　武井ははにかんだように笑った。

　春菜たちは報酬などの説明をして、武井を店の外まで送り出した。

　武井の後ろ姿が見えなくなると、康長は顔じゅうに笑みを湛えた。

「収穫はあったな」

　歌うような調子だった。

「そうですね。片桐さんの死には《撮り鉄》関係のトラブルが絡んでいる可能性が出てきましたね」

「だから同僚や交友関係の鑑取りになにも引っかかってこなかったんだ」

「まずは、その石橋山のトラブルについて調べないといけませんね」

「ああ、まさかとは思うが、問題の《撮り鉄》が片桐さんであったら、捜査は大きく進展するぞ」

康長の声には期待がにじんでいた。

「期待しましょう。警察沙汰って武井さんの言葉が本当なら、石橋山で起きた事件自体は把握しやすいですね」

「あとで小田原署に電話を入れてみるよ。状況によっては、明日あっちに行ってみるかもしれない」

「わたしもお供しましょうか」

「細川は行く必要はない。これは特捜本部の仕事だからな」

康長はあっさり断ったが、春菜は言葉を重ねた。

「でも……気になります」

康長はにやりと笑った。

「本部に籠もっていて、あのイカれた連中に囲まれてるのが楽しいわけないか」

「そんなこと言ってませんよぉ」

あわてて春菜は否定した。

「そうかぁ、外に出たときのほうが、細川の顔が明るい気がするがな」

「本部では緊張してるだけですよ」

「わかった。一緒に行こう」

「わぁ、ありがとうございます」

春菜は顔の前で手を組んで礼を言った。

正直言って、あのインテリ班員たちと顔をつきあわせているより、康長と外に出られるほうが楽しかった。

もちろん、この事件の真相に近づきたい気持ちもつよかった。

「赤松には俺から話しといてやるよ」

康長は片目をつむった。

「よろしくお願いします」

「ただ、明日は特捜本部のほうで用事があるんで、出かけるのは午後になってしまう。戸塚駅のホームで一時に待ち合わせよう」

「了解です！」

元気よく春菜は答えた。

「それまでは連中に可愛がってもらえよ」

にやにや笑いながら康長は言った。

「あのう……わたし、そんなことぜんぜん思ってないんですけど……それにうちの班の皆さんは、毎日、だいたい出張みたいですよ」

「ははは、とにかく今日の営業は終了だ。飯でも食いに行こう」

明るい顔で康長は誘った。

「横浜ベイクォーターにでも行ってみませんか」

「いいね、ここから五〇〇メートルくらいだろ？」

「春季限定の《さくらビール》っていう信州高遠産の桜を使った生ビールが飲めるお店があるんですよ」

江の島署にいたときに、本部に出張で来た帰りに飲んでちょっと感激したことがあった。

「それだ！《さくらビール》だなんて縁起がいいじゃないか。前祝いだ。さぁ、行くぞ」

なんの前祝いだかわからないが、康長はちょっとはしゃいだ。

桜餅風味なのだが、康長の口に合うだろうか。

でも、それほど甘いわけではないので大丈夫だろう。

そんなことを考えながら、春菜は、足取りもかるく地下街の人混みのなかを歩き始めた。

2

小田原警察署は、管轄区域も広い県内有数の大規模警察署である。建物内には本部の組織である刑事部機動捜査隊と地域部自動車警ら隊の小田原分駐所、警備部の管区機動隊も入っている。

駅の西口から小田急小田原線沿いに進んで一キロほどなので、歩くにはちょうどよい距離だった。

ちなみにコンクリートの復元天守閣がある小田原城址公園は、反対側の東口にある。

春菜と康長は刑事第一課強行犯係を訪ねた。

すでに連絡してあったので、担当者の内田という巡査部長が、小会議室を用意してくれていた。

内田は丸顔の人のよさそうな三〇代半ばくらいの刑事だった。

いが栗頭が黒いスーツにあまり似合っていない。

制服を着たほうがずっとしまって見えそうだ。

あいさつすると、内田はまぶしそうな顔で春菜を見たが、警察官だけあってさすがに年齢のことなどは訊かなかった。

「この件でわざわざ捜査一課の方がお見えになるとは驚きです」

口もとに笑みを浮かべながら内田はあいさつした。

「実は、戸塚署に立ち上がった特捜本部で扱っている殺人事件について、こちらで発生した事件が参考になりそうなのです」

「というと、あの戸塚区で起きた鉄道マニアの殺人事件ですね」

内田は目を見開いた。

「ええ、わたしも特捜本部に参加しています」

「そうですか、ご苦労さまです。うちの管内では去年の夏に、一件、殺人事件がありました。いろいろと気の毒な事情があったんですが、本人が通報してきて現行犯逮捕だったんですよ。特捜本部はしばらく立ってないですね。で、浅野さんはどのようなことをお調べですか」

康長が警部補だからか、内田は丁重な口調で尋ねた。

「被害者は戸塚区内に居住していた片桐元也さんという二九歳の会社員です。おっしゃるように、被害者は鉄道マニアだったわけです。石橋山で発生した事件の関係者のなかに片桐さんがいれば、捜査はそちらの方向へ進めることが可能なのです」

階級が下の内田にも負けない康長の丁重さに、春菜は好感を持った。

「電話でもお話ししましたが、本件は被疑者不詳で横浜地検小田原支部に器物損壊容疑で送検し、不起訴処分となったものです。ですから片桐という人物が関係しているかどうかは不明です」

内田は眉間にかるくしわを寄せて答えた。

「承知しております。ただ、特捜本部の地取りでも鑑取りでも、被疑者につながる有力な情報を得られていないのです。わたしと細川で追っているこの線で、なにかひとつでも参考になる情報が得られればよいと考えて、こちらに伺ったような次第です」

「お役に立てるとよいのですが……」

とまどいながら内田は答えた。

「事件の概要をお話し頂けませんか」

「了解です」

内田はテーブル上のファイルを覗き込みながら話し始めた。

「わたし自身が担当したのですが、この事件はですね、二〇一六年、つまり四年前の一一月一三日の日曜日に発生しました。事件発生現場は、市内石橋の小田原市道です。その日は小田原駅から伊豆急下田駅間で土休日に運行していた《伊豆クレイル》というリゾートトレインの運転日でした。当日は小春日和のとてもよい天気でした。同列車はその年の七月に運転を開始したばかりの特別列車なので、大勢の鉄道マニアが事件現場に参集しておりました。列車が東海道線玉川橋梁を通過するところを撮影するためだそうです。たくさんの鉄道マニアが道路の海側の端にカメラ用の三脚をずらりと並べていました。クルマの通行にも邪魔なくらいだったそうです。さらに、この場所には、背後のミカン農家の畑に三メートルほどの高さまで登る導入路があります。むろん、そちらの農家さんの私道ですが、そこにも三脚を並べていたマニアがおりました」

「そもそも私有地に立ち入っている時点で違法ですね」

「おっしゃる通りです」

内田はうなずいて話を続けた。

「一一時四〇分に小田原駅を発車した同列車が、石橋山トンネルから出てきたところで、マニアたちはいっせいにシャッターを切ろうとしました。ところが折悪しく、西の方向から一台のミニバンが走ってきました。道路の海側で写真を撮っていたマニアは問題なかったのですが、ミカン農家の私道に三脚を並べていた連中はレンズの前をクルマがふさぐ状態になってしまいました。ミカン農家で違法に撮っていた連中は、クルマに罵声を浴びせかけました。クルマは徐行したまま山を下っていこうとしましたが、撮影を邪魔された鉄道マニアたちがまわりを取り囲むようにして苦情を言っていたので、なかなか前に進めませんでした。そんななかで、怒りを抑えきれなかった一人の男が、クルマの左後輪のタイヤ側面にキリ状のものを突き刺したのです。サイドウォールを傷つけられたクルマは人混みを抜け出して二〇〇メートルほど走った地点で、パンクして立ち往生してしまいました。犯人はカメラと三脚を急いでしまってザックに入れると、反対方向に走って逃げました」

「ちょっと待って下さい。なぜ被害者のドライバーは、その場で犯人をとっ捕まえなかったんですか。だって、カメラや三脚をしまうのに数十秒は掛かったはずですよ」

康長が口にした疑問は、春菜も感じていた。

「それにははっきりとした事情があります。ドライバーの男性は、犯人を追うどころではなかったのです」

「いったいどういう事情だったんですか」

「ドライバーは、当時、小田原市本町に住んでいた松井友之さんという男性です。当時は三四歳で南足柄市の大手メーカーにエンジニアとして勤務していました。当日は、この石橋山の撮影ポイントから三五〇メートルほど離れたミカン農園でミカン狩りをしていました。松井さんは近くのミカン農家がやっている《ミカンの木オーナー制度》を利用して何本かのミカンの収穫権を得ていました。石橋山を含む早川・片浦地区のミカン畑は一一月もなかばとなると、早生ミカンをたわわに実らせますからね。なにせ小田原市は県内のミカン収穫量では抜きん出て一位ですから」

内田はにっと笑った。

「ミカンを収穫に来ていた松井さんは、なにか急いでいる事情があったんですね」

康長が話の続きを促すと、内田は表情を曇らせて続けた。

「そうなんです。松井さんには当時小学校一年生のお嬢さんがいて、美紅ちゃんと言いましたが、ミカンを収穫中にとつぜん胸痛を訴えたのです。それで、松井さんと奥さんはあわてて美紅ちゃんをクルマに乗せて病院へ運ぼうとしました」

「救急車は呼ばなかったんですか」

春菜が訊くと、内田はうなずいて続けた。

「呼んだんですよ。石橋ですと、至近の消防署は南町にある南町分署なんです。およそ四キロくらいでしょうか。ところが運悪く一台しかない救急車が根府川のほうに出払っていたんです。前川にある本署から向かうことになったんですが、酒匂川の向こう側です。一〇キロくらいあるんで、二〇分以上掛かると言われたそうです。救急車を待つうちに、美紅ちゃんの顔色はどんどん悪くなっていきました。堪えきれずに松井さんは美紅ちゃんを自分のクルマに乗せていちばん近い四キロほど先の病院まで運ぼうとしたんです。ところが……」

「鉄チャンたちに邪魔されて動けなくなったわけですね」

康長の言葉に、内田はふたたびうなずいた。

「そうです。しかもパンクさせられてしばらく先の地点で立ち往生してしまいました。救急車が到着して、美紅ちゃんは小田原中央病院に搬送されてＩＣＵに入りました。ですが、残念なことにその晩のうちに亡くなってしまったのです」

内田は気の毒そうに目を伏せた。

「そんな……」

春菜は絶句した。

「心筋炎という心臓の病気だったそうです。劇症型といって非常に短い時間で症状が悪化することが特徴だそうです」

内田も声を落とした。

「美紅ちゃん、かわいそう」

防犯少年係では、小学校一年生くらいの女の子の被害者と接することもあった。

春菜のこころは、いたましさでいっぱいになった。

「被害届を出しに来た松井さんは、本当にお気の毒でした。見るからに憔悴しきっていましたね。一人娘を失ったわけですから」

内田はわずかに声を震わせて言葉を継いだ。

「わたしにも同じ年頃の娘がいますので、松井さんの悲しみはよく伝わってきました」

担当者という立場を越えて、被害者に同情しているようだ。

「それなのに、加害者は器物損壊罪にしか問われないんですか」

「はぁ……まぁ……」

春菜の声の調子がつよかったのか、内田はちょっと身を引いた。

「それは無理はないさ」

なだめるように康長が言った。

「だって、その男のせいで、美紅ちゃんは亡くなったんですよ。なにか別の罪に問うことはできなかったんですか」

春菜の言葉は詰め寄るような調子になってしまった。

「考えてみろよ。もし、その悪質な《撮り鉄》男がタイヤをパンクさせなかったとしても、美紅ちゃんは亡くなったかもしれないじゃないか」

「それはそうですけど」

理解はできるのだが、なんとなく釈然としない。

「つまりパンクさせた行為と、美紅ちゃんの死との間に法的因果関係はないんだよ」

康長の言葉は正しいが、春菜には冷たすぎるように感じられた。

被害者の悲劇ばかりに接する刑事はドライにならざるを得ないと聞く。

「その理窟は知っていますが、この事件ではなんだか理不尽な感じがします」

警察官の仕事が法律を誠実に執行することだと知ってはいるが……。

「人を罪に問うときには『風が吹けば桶屋が儲かる』の理論で考えると、とんでもないことになってしまう。これは事実的因果関係というのだけどね。いまここで、細川がくしゃみしたら、将来、パリで老人が竜巻に巻き込まれて亡くなるかもしれない。だが、細川のくしゃみは刑法一九九条にいう『人を殺した』行為とはいえないだろう」

康長はまじめな顔で言っているが、半分冗談なのだろう。

「それは《バタフライ効果》の話でしょ。いきすぎです」

春菜は苦笑せざるを得なかった。

ある場所で蝶が羽ばたくと、かけ離れた場所の将来の天候に大きな影響を及ぼす可能性があるとする理論を言う。「北京で蝶が羽ばたくと、ニューヨークで嵐が起こる」などと表現されている。

「いま浅野さんがおっしゃった通りです。課内でも協議しましたが、どう考えても加害者には器物損壊以上の罪状は当てはまらないと結論づけました」

言い訳するように内田は説明した。

「ほかの罪状で送検しても検事が相手にしないだろう」

康長はうなずいて言葉を継いだ。

「ある鉄道ファンの方から、この器物損壊事件に関して『騒ぎを起こした男の一人が県内に住んでいる鉄道写真コンテストの入選常連者だった』という情報を得ているのですが、内田さんのほうにはなにか情報が入っていませんか」

「本当ですか……」

内田は目を見開いた。

答えは明らかだった。

「ご存じないですか」

「聞いたことがありませんね」

内田は首を横に振った。

「単なる噂とのことですので、気にしないで下さい」

康長は顔の前で掌をひらひらと振った。

「本当に悲しい事件でしたね」

春菜はまだ心が苦しかった。

「被害者の松井さんも、器物損壊しか適用されないことに非常に憤っていましたが、わたしたちが根気強く説明したら、なんとか納得してくれました」

「捜査はきちんと行われたんですよね」

言わずもがなの言葉を春菜は口にしてしまった。

「もちろん、ひと通りの捜査はしましたよ。でも、器物損壊ですからね。それほど多くの人手は割けません。上のほうの判断で被疑者不詳での書類送検と決まりました」

眉間にしわを寄せ、ちょっとムッとしたように内田は答えた。

「当然のことだよ。重大事件を後回しにはできないさ……ところで、被害者の松井さんはその後どうしていますか？」

康長の問いに、内田は淋しげな顔つきに変わった。

「住み慣れた小田原を離れ、大和市の高座渋谷というところに引っ越しました。やはり、娘さんとの想い出が残るこの街にいるのはつらかったのでしょう。その後はどうしているのか、わかりません」

内田は静かに答えた。

「松井さんの現住所はわかりますか」

「はい、わたしは教えてもらったのでわかります。ですが、なぜ松井さんの住所を？」

内田の顔にありありととまどいの表情が現れた。

「一度、お目に掛かって、お話を伺ってみたいのです」

表情を変えずに、康長は平らかな調子で言った。

「しかし……」

内田は眉根にしわを寄せて言い淀んだ。

「寝た子を起こすようなものだとおっしゃりたいのでしょう。せっかく、小田原を離れ、つらい記憶を忘れようとしている松井さんを、警察官が訪ねてゆくのは、残酷な話だと思います」

康長は静かに続けた。

「はい、できればそっとしておいてあげたほうがよいと思います」

内田はうなずいた。

春菜も同じ気持ちだった。

「ですが、わたしは刑事です。現在、追いかけている事件に関わりがありそうなことだったら、わずかな可能性であっても疑いを潰してゆかねばなりません。たとえそれが、過去の事件の被害者につらい思いをさせたとしても……」

真摯（しんし）な調子で康長は言った。

刑事とはつらい仕事だなと、あらためて春菜は思った。

自分にはとてもつとまりそうにない。

「わかりました。被害者に同情しすぎるのが、わたしの欠点だと思っています。わたしも未熟者ですが、刑事の端くれです。浅野さんのお言葉は胸にしみました」

内田はしんみりした声で言うと、ファイルの一ページを開いた。

「これが松井さんの住所です」

「ありがとうございます。写真撮りますね」

康長はスマホを取り出して、ファイルの一ページを写真に撮った。

「お忙しいところ、ありがとうございました」

春菜は立ち上がって礼を言った。

「お目に掛かれてよかったです。いつか、内田さんと一緒に仕事する日が来るかもしれませんね」

康長は明るい声で言った。

「小田原署に捜査本部が立ったときには、よろしくお願いします」

「こちらこそです」

「いやぁ、たまには本部の人が見えるのもいいもんですよ。小田原なんかにいると、やっぱりちょっとのんびりしちゃって」

内田はニコニコしながら、エレベーターまで見送ってくれた。

小田原署の正面玄関から歩道に出て、春菜はすぐに康長に訊いた。

「ねぇ、浅野さん、本当に松井さんに会いに行くんですか」

「当然だろ。石橋山の事件について聞きに行くんだよ」

怒っているかのような康長の声だった。

「でも、松井さん、気の毒じゃないですか」

それでも、春菜は食い下がった。

「殺された片桐さんは気の毒じゃないっていうのか」

不機嫌な声で康長は言った。

「そうは言ってませんけど」

春菜は気圧（けお）されて答えたが、腹が立っていた。

石橋山事件で大切な娘を失った松井という男に、もう少し共感できないものか。

春菜には、康長の態度が冷たすぎるように思えて仕方がなかった。

瞬時、黙っていた康長はやがてゆっくりと口を開いた。

「人に嫌われても真実を追求する。これが刑事の仕事なんだよ」

康長の真剣な表情は、春菜のこころを打った。

だが、それでも素直にうなずけないものを春菜は感じていた。

「嫌な仕事ですね。刑事って」

半グレの少年に罵倒されて、手こずっていたほうがずっとマシな気がする。

「その通りだ。間違っても刑事なんぞにならないほうがいいぞ」

いつもと違う、まじめそのものの康長だった。

「はい、なりません」

素直な春菜の気持ちだった。

「嫌なら従いて来なくていいぞ」

「いえ、わたしも行きます」

石橋山事件に触れてしまったからには、春菜としては帰るわけにはいかなかった。

「細川の好きにしろ」

言い方はぶっきらぼうだが、許しは出た。

「はい、好きにします」

つよい口調で春菜は答えた。

「これから行ってみよう」

康長は腕時計を覗き込んで言った。

「アポなしじゃ無駄足になるかもしれないじゃないですか」

だが、康長は首を横に振った。

「いきなり訪ねるのが刑事の流儀でな。向こうには四時過ぎには着くだろう。松井さんが帰ってくるまでは近くの喫茶店かなんかを探して時間を潰そう」

康長は春菜の答えを待たずに、駅へ向かって歩き始めた。

「わかりました」

春菜はあわてて康長の背中を追いかけた。

駅へ向かう道筋には桜がちらほら咲いていた。

小田原城址公園の桜はみごとだと聞いたことがあるが、それはまたの機会の楽しみにしよう。

それよりも春菜は、これから訪ねる松井のことで憂うつになっていた。

3

小田急江ノ島線の高座渋谷駅は、江の島署時代に毎日通勤で通っていた駅だが、あまり印象がなかった。

初めて下りてみると、春菜の住む瀬谷とどことなく似ている。

考えてみれば、ここは藤沢市と接する大和市の南端で、境川を東へ越えれば瀬谷区なのだ。

電車では大和駅で乗り換えなければならないが、直線距離なら春菜の家まで五、六キロくらいなのではないだろうか。

そもそも神奈川の県央部は、住宅も商店も似た雰囲気を持っている街が多い気がする。

松井友之の家は、高座渋谷駅の東口から五〇〇メートルほど離れたところにある比較的新しいアパートの二階の部屋だった。

二階建ての軽量鉄骨構造で、ぜんぶで一〇世帯くらいだろう。白いサイディングの壁とオレンジ色の瓦が瀟洒(しょうしゃ)な感じだが、一世帯ごとのスペースは広いとは思えなかった。

国道467号の町田街道から一歩入ったところで、あたりには畑地もちらほら見えるのどかな場所だった。

四時半過ぎに訪ねたときには、部屋のなかから応答はなかった。

きっと松井の妻も働いているのだろう。

幸いにも町田街道沿いに《イオン》があったので、併設されているハンバーガーショップで時間を潰した。

春菜は《イオン》の花屋で二〇〇〇円くらいの花束を買った。仏前に供えたかったからだが、あえて仏花ではなく明るい色合いのブーケを選んだ。

いままでに収集できた情報を整理して、康長と話し合ったが、事件の道筋は見えてこなかった。

一時間後にふたたび訪ねてチャイムを押すと、室内で人の動く音が聞こえた。

アルミドアが細めに開いて、四〇歳くらいの男が顔を覗かせた。

「なんですか」

「警察の者ですが……ちょっとお話を伺いたいのですが」

康長はやわらかい声で言って、警察手帳を提示してからさっとしまった。

男がチェーンロックを外して、玄関ドアが開いた。

「どうぞお入り下さい」

緊張した顔つきで、男は二人を招じ入れた。

作り付けらしい白い下駄箱とスリッパラック以外には、これといった物が見当たらない玄関だった。

「失礼します。松井友之さんですね」

康長、春菜の順で玄関に入り、春菜は後ろ手でドアを閉めた。

「はい、僕は松井ですが」

松井はけげんな顔で二人を見た。

顔がシュッと細長く、目鼻立ちはくっきりしている。

ふわっとやわらかそうな髪は長めで、いいスタイリングだ。

ちょっと神経質そうだが、知的でジェントルな雰囲気を感じさせる。

明るめのブルーのシャンブレーシャツにチノパンを穿いている。

なるほど、エンジニアという職業が似合っている。

「県警刑事部の浅野と申します」

康長は丁重な調子で名乗った。

「同じく細川です」

春菜は神妙な顔で頭を下げた。

「刑事部……」

松井は目を剝いて絶句した。

「あ、ご心配なく、あなたが被害を受けた四年前の事件のことで伺ったのです」

ことさらにやさしい声で康長は言った。

春菜からすれば、薄気味悪いくらいだった。

「ああ、早川の……」

松井の顔がいくぶんやわらいだ。

「とつぜんにお邪魔して恐縮です」

康長は腰を折った。

「いえ、いいんです。今日の仕事は終わったので」

松井は顔の前で鷹揚に手を振った。

「では、二〇分ほどお時間を頂ければありがたいです」

「上がりませんか。こんなところで突っ立っているのはなんなんで」

松井はわずかにほほえみを浮かべて掌を廊下の奥に差し伸べた。

こげ茶色のスリッパをふたつ、松井は手早く敷台に並べた。

「ありがとうございます」

二人は靴を脱いで、タイルから敷台に上がるとスリッパに履き替えた。

「あの、お嬢さんのお位牌にお線香を上げさせて頂いてもよろしいでしょうか」

春菜はゆっくりと言った。

「えっ……」

松井は大きく目を見開いた。

「それからこれ……あの……ご仏前にと思いまして」

春菜は《イオン》で買ったブーケを差し出した。

「そんな……申し訳ない」

恐縮しながらも、松井は笑顔を見せてブーケを受け取った。

「美紅さんが喜んでくれるといいのですけど……」

ちょっと照れながら春菜は言った。

「ありがとうございます。では、こちらへ」

松井はすぐ右手のドアを開けた。

フローリングのがらんとした西向きの部屋だった。

レースのカーテンを通して西陽が射し込んでいる。

部屋に入ると、線香と食品のものと思われる甘い匂いが漂った。

幅が半間ほどのサイドボードが奥の壁に沿って置かれていて、その前に二人掛けのブルーのローソファが置いてあるだけの部屋だった。

サイドボードの真ん中には白いフォトフレームに入った四つ切りくらいの幼女の写真が飾ってあった。ここが美紅の霊を弔う祭壇となっているようだった。

色白で瞳が大きく愛くるしい顔立ちの幼女がボブの黒髪でほほえんでいる。入学式か、なにかの発表会の写真なのか、白っぽいドレス姿だった。

かたわらの「清心美才童女」の戒名が痛々しい。

まわりには、おままごとのお化粧セットとネイルアートセット、子ども用のスマートウォッチやウサギのぬいぐるみなどが供えてあった。

「仏壇は趣味じゃないんで……」

松井は照れたように言って、掌で春菜たちを祭壇へと誘った。

春菜と康長は、祭壇の前に端座して線香に火をつけ線香立てに差した。

二人そろって合掌し、不幸にも亡くなった美紅の冥福を祈った。

「おねえさんが、美紅にプレゼントしてくれたよ。きれいなお花だね」

松井は美紅の写真に語りかけると、ぬいぐるみの横にブーケをそっと置いた。

春菜は静かに頭を下げた。

「この子の魂はどこにいるんでしょうねぇ。この家なのか、前の家なのか、それともお墓のある石橋のお寺なのか……」

松井はほっと息を吐いた。

「石橋にお墓があるのですか」

「ええ、僕はあの集落の出身なんですよ。生まれたときからずっと小田原市民でした。美紅もそうです。生まれてから死ぬまで小田原市民だった。だから、僕の生まれた石橋の宝寿寺（ほうじゅじ）というお寺の先祖累代の墓に葬りました」

しんみりとした声で言って、松井は写真に向かって合掌した。

「リビングに行きましょうか」

松井が静かに誘った。

春菜たちは立ち上がって、部屋を出て行く松井の背中を追った。

リビング・ダイニングは八畳ほどのフローリングの部屋だった。

ベランダに面した掃き出し窓が南に向いているので、部屋のなかはまだかなり明るかった。

だが、どこかひんやりした雰囲気が感じられる。

この部屋もがらんとしていて、あまり生活臭が感じられなかった。

「そこへ掛けて下さい。いま飲み物をお持ちします」

「いや、どうぞお構いなく」

春菜たちは四人掛けの白木のダイニングテーブルの席に着いた。

松井はすぐにプラカップと、ペットボトルのお茶をウッドトレーに載せて持って来た。

「すみません、引っ越してからちゃんと荷ほどきしてないんで、客用茶碗がどこに入っているかわからないんですよ。さぁどうぞ」

春菜たちはお茶に口をつけた。

「こちらへは最近、引っ越してみえたんですか」

春菜は何の気なしに尋ねた。

「いえ……三年になります」

対面に座りながら、低い声で松井は答えた。

三年間も荷ほどきをしていないのは、美紅の想い出の品などを見たくないからなのだろうか。

「奥さまもお仕事なさっているんですね」

康長はさらっと訊いた。

「妻とは別れました」

松井は暗い顔で答えた。

「そうなんですか」

「ええ、小田原を出たのは妻と別れたからです。そのときに前の家を処分しました。幸い、かなりの金額になったので、この家を借りるのにも不自由しませんでした」

「それは……」

春菜は言葉を失った。

詳しいことを訊く必要はなかった。

子どもを失って仲がおかしくなる夫婦は珍しくない。

美紅を亡くしたことで、二人をつなぐものは壊れてしまったのだろう。

「それで、なにをお尋ねになりたいのですか」

松井は平板な表情で訊いた。

「実は四年前の石橋山の事件のことで伺いました」

康長は言葉少なに切り出した。

「あの事件の犯人が見つかったのですか」

松井は声を高くして身を乗り出した。

「いえ、そういうわけではありません」

康長が首を横に振ると、松井はあからさまに落胆の表情に変わった。

「なんだ……期待して損しましたよ」

「石橋山の事件はすでに送検済みで、小田原署の捜査は終了しています」

「知ってますよ。担当の刑事さんはいい人でした。美紅のことを気の毒がってくれて、お通夜にも来て下さったんです。でも、僕が小田原を出るときにあいさつに行ったら、犯人を捕まえられなかったと言っていました」

春菜は内田刑事の人のよさそうな丸顔を思い浮かべた。

「こちらのご住所は、その内田から教えてもらいました」

「で、今日はなんのためにお見えなのですか」

松井の声が少し尖った。

「あの石橋山の事件のとき現場にいたかもしれない鉄道ファンの方が、殺害されました」

康長はさらっとした口調で本当のことのように言った。

「本当ですか」

驚きの感じられない松井の声だった。

「ええ、片桐元也さんという二九歳の会社員の方で、三月二八日の早朝、横浜市戸塚区内で鉄道の写真を撮っているところを何者かに絞殺されて死亡しました」

「ああ、テレビで報道されていましたね。あまり関心がないので、詳しくは覚えていませんけど」

松井はつまらなそうに答えた。

「わたしは、片桐さんの殺害事件を担当しております」

「それで？」

「あのときのトラブルのことを、松井さんに詳しく伺いたいと思いまして」

瞬時、松井は黙って康長の顔を見つめていた。

「詳しくもなにも……小田原警察署でお聞きになったと思いますけど」

「内田から聞きましたが、松井さんから、もう一度伺いたいのです」

康長の請いに、松井はあきらめたようにホッと息をついて口を開いた。

「あの日、僕はミカン園で妻と娘とミカン狩りをしていたんです。そしたら、急に娘が具合が悪くなって胸の痛みを訴えて……冷や汗を掻いて顔色も真っ青でただごとじゃなかった……原因がわからないので、救急車を呼んだんです。ところが、南町分署の救急車が出払っていて、本署からなので二〇分以上掛かると言われてしまったんです。妻と相談して、僕は自分のクルマでいちばん近くの小田原南病院に運ぼうとしました。僕のかかりつけだったし、あの場所から四キロと離れていませんから。ところが、裏道から角を右に曲がったら、あの連中が何十人と道をふさいでいて……」

「鉄道ファンの人たちですね」

松井は暗い顔でうなずいた。

「轢いちゃマズいから、徐行して通行しようとスピードを落としました。そしたら、まわりじゅうから怒鳴られて……『邪魔だ、どけ』だの、『早く行け』だの、『アホ』だの、果ては『死んじまえ』とまで……そりゃあひどい言葉を浴びせられました。娘のことは心配だし、あの連中は恐ろしいし、僕はどうしていいかわからなくて、まったくロクでもない連中ですよ」

松井は額に深い縦じわを刻んで吐き捨てた。

「同じような問題を起こしている鉄道ファンはほかにもいるそうです」

康長の言葉に、松井は目を怒らせて続けた。

「あんなヤツらが、なんで放っておかれるんでしょうね。取り締まる法律を作ってほしいですよ。あのときだって、農家の私道や車庫前を平気でふさいでたんですよ」

「警察としても考えていかなければならない問題かもしれませんね」

「それでも、なんとかあの連中のいた場所を抜け出して、ちょっと行ったところでクルマがいきなり横滑りしました。あわててステアリングを切ったんで、なんとかガードレールに衝突せずにすんだんです。驚いて外へ出てみると、タイヤのサイドウォールに数カ所穴が開いているんです。パンクしてたわけです。僕はあのときほど絶望って言葉を実感したことはありません」

松井が小さく歯噛みする音が聞こえた。

「娘は救急車を待つしかありませんでした。中央病院に搬送したんですが……」

松井の言葉は最後には消え入りそうに小さくなった。

「ありがとうございます。それから先はけっこうです」

康長はいたわるような声で言った。

「はい……」

かすれた声で松井は答えた。

「いつ誰にタイヤを刺されたのかは、わからないままですよね？」

康長が問いを重ねると、松井はつよくうなずいた。

「ドライブレコーダーにはたくさんの男たちが写っていました。小田原署にも証拠として提出しました。ですが、あまりに人数が多すぎて、誰がタイヤを刺したのかは特定できないそうです。写っている男たちのなかに犯人がいるとは限らないとも言われました。たしかに屈んで僕のクルマに側方から近づいたらドライブレコーダーには写らないかもしれません。また器物損壊罪で、写っている男たちをすべて特定し、尋問する大規模な捜査はできないとも言われました」

「仕方のないことだと思います。捜査官の数にも限りがありますので」

康長の言葉は春菜にも理解できた。

「内田さんに丁寧に説明して頂いて、僕も納得ができました」

「ともあれ、あなたは器物損壊で被害届を出されたんですね」

康長の言葉に、松井は眉を吊り上げた。

「いいですか。僕はクルマのタイヤなんてどうだってよかったんだ。被害届は本当は殺人罪で出したかった。でも、それでは受理してもらえなかったのです」

「そのあたりもご理解頂けたんですよね」

「ええ、何度も説明を受けましたから、もうじゅうぶんわかっています。でもね、刑事さん。

娘を殺された父親の怒りってのは、そんなに生やさしいもんじゃないですよ」

松井のどす黒い怒りの炎が燃え上がっているように感じられた。

「お気持ちお察し致します」

康長はかるくあごを引いた。

とつぜん、松井の表情が変わった。

「ところで、いまのような質問をするってことは、刑事さんたちは、僕がその横浜の事件の犯人だと疑っているってことですか」

怒っているというより、鼻の先で笑っているような松井の態度だった。

「いや、決してそんな意味じゃありませんよ」

康長はせわしなく手を振って否定した。

「じゃあなんでこんな質問するんですか」

松井はせせら笑うような声で詰め寄った。

「いや、もしかしたら、石橋山でトラブルを起こした鉄道ファンのなかに、被害者の片桐さんを殺した真犯人がいたかもしれないと思って、あの日の事情を伺いたかったのです」

康長の言い分はあまり筋が通っているとは言いがたい。

「刑事さんも嘘が下手な人だな。顔に書いてありますよ。僕を疑ってるって」

松井は小馬鹿にしたような顔つきで康長を見た。

「いえ、決してそのような……」

康長はふたたび顔の前で手を振った。

だが、康長は、松井がこういう態度に出ることを最初から予測していたに違いない。

疑っていることを、こっそりと松井にぶつけて、その反応を見ているのだろう。

「バカバカしい」

松井は天井を仰いで言葉を継いだ。

「犯人がわかっていたら、きっと僕だって殺しに行きますよ。でも、プロの警察でも誰だか特定できなかったんです。素人の僕にわかるはずがないです」

松井の言葉は筋が通っていた。

「おっしゃる通りだと思います」

康長は恭敬な調子で答えた。

「でも、誰でも疑ってかかるのが刑事さんだそうですね。その事件はいつ起きたんでしたっけ？」

ちょっとあごを突き出して松井は訊いた。

「先週の土曜日、三月二八日の午前六時三五分頃です」

康長の言葉に松井の顔がパッと明るくなった。

「そりゃよかった！」

「どうしてですか」

康長は身を乗り出した。

「その時間、僕は仕事してましたから」

松井は反り身になってきっぱりと言い放った。

「どんなお仕事なんですか。以前は南足柄市内の大手メーカーでエンジニアをなさっていたとか」

康長の問いに松井はかるく首を横に振った。

「ある計量機器メーカーの品質管理室にいました。でも、あの仕事はこっちに引っ越したときに辞めました」

「では、いまはなにを？」

「駅前のパン屋のアルバイトですよ。パン工房のほうを手伝っています」

歌うような調子で松井は答えた。

春菜は耳を疑った。転職先としてはあまりにも意外だった。

「パン屋さんですか……」

言葉をなぞる康長の顔にも驚きの色が浮かんだ。

「ええ、ミキシングから焼き上げまでの全工程で、店長の手伝いをしています。駅前の《ラ・ドール》ってお店です。ここから七、八分のところなので通いやすいです。パン作りって本当に楽しいんですよ」

松井は目を輝かせて言葉を継いだ。

「その日の天気、湿度、温度なんかで、加減がすごく難しいんです。最高の焼き上がりを生み出すためには技術と経験が必要です。親方のもとで修業を始めたばかりの小僧なんですよ。いまの僕は」

小さく声を立てて松井は笑った。

笑うと目が細くなって、人柄のよさが感じられる。

ここへ来てから初めて聞いた松井の笑い声だった。

「な、なるほど……どれくらい前からですか？」

「半年ほど前でしょうか。それまではいろいろと職を変えていたのですが、この仕事で頑張っていこうといまは思っています」

松井の言葉は力強かった。

「では、その《ラ・ドール》さんでの、松井さんの勤務時間を教えて頂けますか」

「毎日朝六時半から勤務なんですが、だいたい一〇分前くらいには出勤しています。六時半から三時四五分までの勤務です。休憩時間は昼の一二時から四五分間。店休日は水曜日です」

康長の目をしっかりと見て、迷いなく松井は答えた。

「では、三月二八日の朝も？」

「ええ、六時二〇分くらいには店に入ってました。親方……店長や奥さんに訊いてみて下さい。間違いのないことですから」

松井は自信たっぷりに答えた。

「わかりました。細川、なにか伺いたいことはあるか」

康長が春菜を見て訊いた。質問は終了という意味も兼ねている。

春菜から尋ねたいことはなにもなかった。

「いいえ、とくにありません」

康長が立ち上がったので、春菜も続いた。

「お時間を頂戴してありがとうございました」

「お邪魔しました」

松井は玄関まで二人を送ってくれた。

「お疲れさまでした」

松井はゆっくりとドアを閉めた。

町田街道沿いの並木道を歩きながら、春菜は康長に声を掛けた。

「松井さんは関係なかったですね」

「五五パーセントだな」

康長はぼそっと言った。

「え？ え？ どういう意味ですか？」

驚いて春菜は訊いた。

「松井が犯人である可能性は、五割を超えると思う」

「そんなまさか……」

春菜は言葉を失った。

二人は《イオン》の前を通り過ぎようとしていた。

南側入口横の屋外に、客用のガーデンテーブルと椅子があった。

たまたま座っている人はいなかった。

康長はさっさと奥のほうに座った。

「まぁ、そこに座れよ」

「松井さんが犯人だなんて信じられません」

対面に腰を掛けるなり春菜は言った。

「松井の心の傷は少しも癒えていない」

「そうでしょうか」

「あの祭壇だって、毎日、食事を供えているような気がする。食べものの匂いがしたからね。それにお供えのオモチャも次々に新しいものを買っている。娘がまだ生きているように接しているんだ」

「たしかにそうですね。子ども用のスマートウォッチなんて四年前に出ていなかったように思います」

「よく観察してたじゃないか……それにあのリビングだ」

「がらんとしてましたよね」

「あんなに生活臭がないというのは、松井が生活していないからだ」

「生活臭がないとは感じましたが、意味がわかりません」

「彼はあの家で、食事をして寝て、娘の供養をしている。だが、生活しているわけじゃないんだ。彼は生活というものを失ったまま、取り戻していないんだ」

「なるほど……」

「身の恥をさらすようで嫌なんだけど、もとの家内は俺の仕事に愛想つかして、ある日いきなり出て行っちまった。取り残された俺はしばらく生活というものを取り戻すことができなかった。仕事に出かけ、帰ってきて飯食って寝るだけだ。その頃の俺の部屋はまさしくあんな風だったよ」

なんと答えていいのかわからずに、春菜は黙っていた。

結婚したことのない春菜にはわかりにくい感覚だった。

「松井と接していて、彼の心は病んでいると思ったが、一方でどこか吹っ切れたようなものを感じたんだ。たとえば、パン屋の話をしていたときに妙にはしゃいでいただろう？」

「たしかにそれまでとは違う雰囲気でしたが」

「松井が本当にパン職人を目指しているとは、実は俺は思っていない」

「そうなんですか！」

春菜は自分の耳を疑った。

「ああ、あれは擬態だよ。きちんと将来を考えているって他人に見せているんだ。本気で職人を目指しているヤツなら、やっぱりあんな無気力な部屋に住んでるもんか」

康長はきっぱりと言い切った。

「そんなまさか……」

「だけど、あのときの彼は、なんというか妙に元気だったんだ。なぜかはわからないが、内心で昂揚しているものがはみ出している感じだった。これが気になって仕方がない。あれは娘の仇を討てたことで生まれた昂揚感だとも考えられる」

「わたしも昂揚している印象は受けましたが、仇討ちとは思いませんでした」

春菜には信じられなかった。

「三年半前の秋に、松井のタイヤをパンクさせたのは片桐だった。どんな手段を使ったのかわからないが、松井は片桐の存在に気づいた。おそらく片桐の行動を監視して、列車撮影の隙を狙って殺害した。筋は通る」

たしかに筋は通っている。

だが、肝心なことがある……。

「でも、松井さんにはアリバイがありますよ」

「あれだけはっきり言ってたわけだから、松井の言っていたことは間違いないだろう。もちろん、あとで裏は取るが」

「じゃあ、松井さんが犯人ってことはあり得ないじゃないですか」

自分は松井を犯人だと思いたくないのだろうか。

「そうなんだよ。アリバイがある限り、松井は犯人じゃない。でも、俺は半分以上の確率で松井だと思っている。これは俺の刑事としての勘なんだ」

康長は大きく息を吐いた。

《イオン》から離れた春菜たちは、駅前の《ラ・ドール》に立ち寄った。

ちょうど店じまいをしていた店長は還暦くらいの髪の真っ白な男だった。

店長は、松井が三月二八日の六時三五分より前にたしかに出勤していたと証言した。

土曜日の朝は平日よりたくさん仕込むので、よく覚えているそうだ。

「いや、いい人が来てくれたって、うちのヤツと喜んでるんですよ。いつもまじめに黙々と働いてくれるんでねぇ」

店長は松井の勤務態度に太鼓判を押した。

高座渋谷の駅の改札口で藤沢方面に帰る康長と別れた。

小田急江ノ島線の上りに乗った春菜は、疲れを感じていた。

むろん、体力的にはどうということはない。

娘を失った松井の悲しみが伝わって苦しかった。

また、康長の刑事らしい素顔を知って畏敬の念とともに、どこか空恐ろしいものを感じていたのだ。

桜ヶ丘の駅を過ぎたあたりでマナーモードのスマホが振動した。

ディスプレイを見ると、最後に残った登録捜査協力員である村上義伸の名前が表示されている。

まもなく大和だ。春菜は駅に着くまで電話に出るのをガマンした。

車内マナーだから当然だが、ほかの乗客に聞かれては困る会話になる怖れがあった。

電車が大和駅に着くと、春菜は走って改札を出て、コンコースからエスカレーターで一階に下りた。

大和駅は江の島署時代に乗り換えに使っていたのでよく知っている。

北口も南口も駅前のスペースはゆったりとしているが、バスターミナルがある南口を避け、比較的静かな北口を選んだ。

横浜銀行の蔭で着信履歴からコールバックすると、三回で若い男の声が聞こえた。

「神奈川県警察職員の方ですか？」

硬い調子の声だった。

「そうです。細川と申します。登録捜査協力員の村上さんですね」

「はい、村上義伸です」

「あの、お話を伺いたいんですが。お目に掛かれますか？」

「いつならいいですか？」

「できれば、明日、お目に掛かりたいんですが」

「明日なら大丈夫です」

「村上先生はまだ、学校のお仕事は始まってないんですか」

「え……僕、高校生です」

春菜は耳を疑った。

「あれ、希望が台高校っていうのはお勤め先じゃないんですか」

「希望が台高校の三年生に進級したところです」

驚いた春菜は、自分の手帳に書き写した名簿の内容を覗き込んだ。

「村上さんは平成二年四月二日の生まれなのではありませんか？」

昨日が誕生日だが、三〇歳になっているはずである。

「いいえ、僕は二〇〇二年の生まれです」

とまどいの声が耳もとで響いた。

「もしかして登録申請書の生年月日欄に、生まれ年を02と略して書いたのかな？」

「あ、そうだったかもしれません」

村上のいくらか慌て気味の声が響いた。

となると、一八歳になったばかりということになる。

登録捜査協力員の資格は一八歳以上のはずだ。希望が台高校も勤務先となっているし、登録時にミスがあったのだ。

彼らの任用に関する事務処理は庶務係で行っているはずだが、担当者が寝ぼけていたのかもしれない。

「村上さんは高校生なのね」

春菜は念を押した。

「高校生ではダメでしょうか」

淋しそうな村上の声が響いた。

春菜は村上がちょっとかわいそうになった。

とりあえず会ってみることにしよう。

「いえ、大丈夫よ。何時にどこで待ち合わせましょうか？」

「僕の自宅は相模鉄道いずみ野線の緑園都市駅近くにあります。ですので、横浜市内でしたらどちらへでも行きます。時間も昼の間でしたら何時でもかまいません」

なかなか几帳面な話し方をする子だ。

希望が台高校は県立の中でもトップレベルの進学校だったはずだ。

優秀な少年なのだろう。

「緑園都市駅で待ち合わせましょう。時間はちょっと待ってて下さる？　相棒の人と相談してみるから」

「わかりました。何分くらい待てばいいですか」

「五分以内にはまたお電話します」

電話を切った春菜はすぐに浅野に掛けた。

「はい、浅野」

不機嫌な声が返ってきた。

「細川です。今日はお疲れさまでした」

「ああ、お疲れさん」

康長の声はふだんと同じに変わった。

「実はさっき、登録捜査協力員の村上義伸さんからお電話があったんです。で、明日の昼間なら時間が取れるという話なんですけど、浅野さん来られます？」

「もちろん行くよ。どこへ行けばいいんだ」

「相鉄いずみ野線の緑園都市駅で待ち合わせようという話になってます」

「いいよ。だけど明日も午前中はちょっと特捜本部のほうで会議などが入っている。午後にしてくれないか」

「一時半でいかがですか？」

「わかった」

「ところで、ひとつ問題が……」

「なんだよ、問題って？」

けげんな声で康長は訊いた。

「村上さん、高校三年生なんで、登録時は一八歳未満です」

「なんだって？　登録捜査協力員ってのは一八歳以上が条件だろ」

「登録時にミスがあったんだと思います。通学先が勤め先になっているんで、高校の先生だと思っていました」

「そうか……そうなると、登録をいったん取り消さなきゃならないな。報酬も支払えない。でも、別に話を聞く分には高校生だって、じいさんだって信憑性に差があるわけじゃない。報酬は俺が出すからかまわないよ」

「わたしも半分出します」

「生意気言うな」

笑い混じりに康長は答えた。

「すみません。じゃ一時半に緑園都市駅の改札口で」

「ああ、なにか情報が得られるといいな」

「期待したいですね。おやすみなさい」

「ああ、おやすみ」

「はぁい、じゃまた明日」

春菜は村上に掛け直した。

「はい、村上です」

「明日、午後一時半に緑園都市駅の改札口で待ち合わせましょう」

「わかりました。なにか持参するものはありますか」

「いえ、とくにないです。あなたの頭脳を借りたいの」

「僕の頭脳が神奈川県警察のお役に立てるなら光栄です」

村上の気取った言い方に、春菜は笑いをこらえた。

「ぜひ役に立つお話を伺いたいです」

「ところで、事前に準備しておいたほうがいい内容はありますか」

「いいえ、準備などいらないです」

「承知しました。では、明日はよろしくお願いします」

「こちらこそ。あの目印ですが……わたしはグレーのパンツスーツを着ていきます。スーツ姿の背の高い男性と一緒です」

緑園都市駅ならば、それほど人も多くないので、凝った目印は必要ない。

「もしそのような二人組がほかにもいたら、どうすればいいですか？」

「そうですねぇ……あ、手を振ってくれたらわかります」

「間違えた人に手を振ったら恥ずかしいです」

「じゃ、お電話下さい」

「あ、そうか……そんなことに気づかないなんて恥ずかしいです」

「恥ずかしがらないで、じゃ明日ね」

いくらか持て余し気味に春菜は電話を切った。

防犯少年係三年の経験では出会ったことのないタイプのようだった。

春菜は相鉄本線の大和駅に向かって歩き出した。

第四章　鉄路に真実が響くとき

1

相鉄いずみ野線は、二俣川で本線と分かれて湘南台駅へ向かう路線である。

約束の一〇分前に緑園都市駅の改札口を出ると、村上らしい少年はすぐにわかった。

改札近くに立っている高校三年生くらいの男性は、白い綿パーカーと黒チノパンを着たひょろりと背の高い少年で、ウルフっぽいショートヘアは染めていなかった。

遠目にも生まじめそうな雰囲気が漂う。

まだ、康長は姿を現していなかった。

「村上義伸さんですよね」

春菜はやわらかい調子で声を掛けた。

「あ、あ、はい、村上です」

舌をもつれさせて村上は答えた。

「わたし、県警の細川春菜です」

「は、はい、どうぞよろしくお願いします」

村上はぺこりと頭を下げた。

「ごめんなさい。相棒がまだ来てないんで、ほんのちょっと待っててくれる？」

「もちろんです。五分、一〇分、いや一五分でも待ちます」

緊張しているのだろうが、変わった物言いをする子だ。

「いえ、一〇分なんて待たせたら、わたしがお仕置きします」

言ったとたんに、太い声が背後から聞こえた。

「お仕置きは勘弁してくれ」

「浅野さん、脅かさないで下さいよ」

振り返って春菜は康長を睨んだ。

「まだ時間前だぞ」

康長の目が笑っている。

「村上さん、こちら浅野康長さん。鬼刑事なの」

春菜が紹介すると、村上はじっと康長の顔を観察してから答えた。

「はじめまして、村上です。浅野さんは鬼刑事という外見ではないですね」

「鬼刑事ってのはね、この人のことだよ」

康長は春菜を指さして、身を震わせてみせた。

「じ、冗談じゃないですよ」

春菜はあわてて否定した。

変な先入観を村上に持たれては困る。

「細川さんは、もっと違います。アイドルみたいです」

まじめな顔で村上は言った。

「あら、ありがとう。でも、いい年なのよ。あなたより一〇歳くらい上だから」

「信じられません。せいぜいふたつ上くらいにしか見えないです」

もう一度、春菜の顔を見て、村上は真剣な顔で言った。

「どこ行こうか？」

誰に訊くとなく、康長が言葉を発した。

「あそこにあるのが《相鉄ローゼン》です。食料品を中心に扱うスーパーマーケットですが、ドーナツ屋とアイスクリーム・ショップと中華料理屋とステーキハウスと居酒屋が入っています」

村上は白い建物を指さして説明した。

「君は居酒屋なんかに行くの？」

にやにや笑いながら康長は尋ねた。

「ま、まさか……未成年ですから」

村上は顔の前で激しく手を振った。

「だよね。ドーナツ屋でいいよ」

康長のひと声で、三人は駅前のドーナツ・ショップに入った。

窓が明るく座席数も少なくなかった。

コーヒーと一人ひとつずつのドーナツをオーダーして、春菜たちは窓際いちばん奥の席に着いた。

店内は空いていて、近くの席に座っている客がいないことも好都合だった。

面と向かって座ると、村上が緊張しているのがよく伝わってきた。

村上は春菜と目を合わせようとしない。

あっという間にコーヒーを飲み干してしまったのも緊張しているからだろう。

「コーヒーおかわり頼んできましょうか」

「あ、あの……大丈夫です」

村上はうつむいて耳まで赤くしている。

「お忙しいところ、お時間を頂いてごめんなさい」

「いえ、今日は忙しくありません。なので、昨日お電話したのです」

顔を上げた村上の頬が上気している。

「それまでは忙しかったの？」

村上の緊張をほぐそうと、なるべくやさしい言葉で春菜は語りかけた。

「ええ、ちょっと走り回っていたので、お電話頂いたのに出られなくて申し訳ありませんでした」

村上は深々と頭を下げた。

最初に守秘義務について説明すると、村上は真剣な顔で聞いていた。

「大丈夫です。お二人にご迷惑をお掛けするようなことは絶対にしません」

きっぱりと村上は言い切った。

「あなたにお目に掛かりたかったのは、鉄道趣味についていろいろとご意見を伺いたかったの」

「どこまでご期待にお応えできるかわかりません。と言いますのは、僕の鉄道に関する趣味はきわめて狭いものなのです」

硬い口調で村上は言った。

「どんなジャンルなんですか？」

「いちおう、鉄道の走行音に興味があります」

「もしかして、《音鉄》っていうジャンル？」

春菜は声を弾ませた。

「ええ、そういう呼称で間違ってはいないと思います」

「走行音と駅アナウンスのどちらが好きなの？」

「細川さんも鉄道趣味をお持ちなんですか」

村上は嬉しそうに訊いた。

「い、いえ……ほかの登録捜査協力員の方に教えて頂いたんです」

「ああ、納得しました」

ちょっとがっかりしたように村上は笑って言葉を継いだ。

「僕の場合はおもに列車内外の走行音ですね。駅アナウンスも録りますが、補助的と言えます」

例の音源を聞かせようと思ったが、まずは事件の概要を説明するべきだ。

「実は三月二八日土曜日の早朝なんだけど、鉄道の走行写真を撮影していた方が、何者かによって殺害されたの」

「R18指定だからな。細川、そこのところは注意してな」

横から康長が冗談めかして言ったが、村上は首を横に振った。

「それなら心配ありません。おととい僕は一八歳になりました。四月二日生まれなんです」

「そうだったね、お誕生日おめでとう」

春菜はにこやかな笑みを浮かべた。

「ありがとうございます」

生まじめそのものの表情で村上は頭を下げた。

「そうか、高校生でも君はR18の映画観られるんだな。今度一緒に観に行くか」

ここへ来る前に村上の年齢は伝えたので、康長は本気で言っているわけではない。

彼の気持ちをほぐそうとしているのだろう。

「いえ、そういう映画にはあまり興味ありません」

村上は頬をほんのり染めた。

「四月二日生まれってその学年でいちばんお兄さん、お姉さんなんだよね」

「その通りです。なので、小さい頃から勉強では有利でした」

村上は生年月日に関係なく、そもそも優秀そうだ。

「おいおい、四月一日生まれはどうなるんだよ？」

康長が驚いて訊いた。

「学校教育法で、一学年は四月二日生まれから翌年の四月一日生まれの児童・生徒で構成されることになっています」

村上はさらりと説明した。

「知らなかったよ。警察の試験で学校教育法は出題されないからなぁ」

春菜は現場の状況や、被害者が２８５系を撮ろうとしていたことなどを説明した。

もちろん、松井友之という名前は伏せた。

「とすると、被害者の片桐元也さんは戸塚区品濃町の路上で、東海道本線清水谷戸トンネルへ入って行く上りの《サンライズ出雲・瀬戸》を撮影中に絞殺されたんですね」

村上は考え深げに言って、春菜の目を見た。

ようやく目を合わせてくれるようになった。

「そういうことなの」

「僕は春休みに入ってから何日かの間、首都圏のあちこちで《音鉄》をしていましたので、その事件の報道も見落としていました。そもそも事件関係のニュースはあまり見ないんですけど」

「なにか気づいたことがあったら、教えてほしいの」

「まずは、被害者の方が最後に録音していた音源を拝聴したいですね」

村上は春菜の目をまっすぐに見て言った。

「これがそうよ」

春菜は音声再生アプリを起ち上げてタブレットを渡した。

すでに康長が走行音部分だけをピックアップしたファイルだった。

「インナーイヤホンを使ってよろしいですか。しっかり聴きたいので」

村上は自分のポケットから黒っぽいワイヤードイヤホンを取り出した。

「もちろんです。しっかり聴いて下さい」

「これはドイツのゼンハイザーというメーカーのもので、きわめて高音質なので気に入っています」

村上はイヤホンのプラグをタブレットに挿すと、画面をタップした。

目をつむり、村上は音源に聴き入っている。

小首を傾げた村上は目を開くと、ふたたび画面をタップして音声を聴き始めた。

ぜんぶで三回聴いた後に、村上は春菜と康長を交互に見てゆっくりと口を開いた。

「これは285系の走行音ではありません」

確信に満ちた村上の声だった。

「なんですって!」

「ホントかよ!」

春菜と康長は顔を見合わせた。

「たしかに285系は一九九八年に製造された古い車輌です。すでに二〇年以上が経過しているわけです。とはいえ、そもそも静粛性に配慮した設計なので、ここまでやかましい走行音を立てることはありません。また、285系の駆動方式は、WNドライブを採用しています。この駆動方式はWN継手という部品を介してモーターと駆動歯車を接続する方式ですが、ノッチオフ時には独特のゴロゴロとした音が響きます。それが聞こえてきません」

そう言えば三好がそんな話をしかけていたところを、康長が押しとどめたのだった。

「ノッチオフってなに?」

春菜はもつれる舌で訊いた。

「電車の運転手はマスター・コントローラー、略してマスコンという装置によって速度を制御しています。クルマで言えばアクセルをコントロールするアクセルペダルですね。これをゆるめて主動力機を切った状態を言います」

「そのノッチオフ時のゴロゴロ音が聞こえないのね」

震える声で言う春菜にかるくうなずいて、村上は続けた。

「ええ、でも、さらにもっとはっきりしていることがあります。途中で一カ所だけ、『パコン！』みたいな音が聞こえますね。これはモーターに流す電力量を制御する《抵抗制御》方式を用いている場合に発生する独特の音です。簡単に言うと、電気が切れるときの音なんです。ところが、285系はモーターに流す電気の周波数を制御している《インバータ制御》方式なのでうなり音は発生しますが、この『パコン！』は絶対に聞こえません。もっと新しく、東海道線でふつうにいくらでも走っているE231系、E233系、E531系も、もちろん《インバータ制御》です」

村上は自信たっぷりに言い放った。

「ち、ちょっと待って。イヤホンお借りできる？」

「どうぞ」

春菜は自分でも聴いてみた。

村上の指摘する二点は、春菜にも確認できた。

「俺にも聴かせてくれ」

康長がイヤホンを引ったくった。

「本当だ。村上くんの言う通りだ！」

あきらかに康長は興奮していた。

なにせ《サンライズ出雲・瀬戸》を撮っていたという前提が崩れたのだ。すなわち、犯行時刻も変わってくる可能性がある。

「たいした録音機器を使っていませんね。とくにマイクがよくない。独立したマイクではなく、ＩＣレコーダー内蔵のタイプでしょう。それでももっとずっと高性能の内蔵マイクがあるんだけどなぁ。タスカムやオリンパスあたりなら一万円ちょっとでも、ずっといい音で録れるレコーダーがあるんだけど」

春菜たちの興奮をよそに、村上は淡々と喋っている。

「片桐さんはカメラのほうの《撮り鉄》だったんで、音のほうはついでだったみたいです」

「それでもいまの『パコン！』ははっきり聞こえましたね」

「聞こえました。それで、村上さんに伺いたいんですが、この音源に録音されている列車はいったいなんでしょうか」

春菜は懸命に訊いた。

「うーん、これだけでは断定できないですが、可能性でもいいですか」

「もちろんです」

「録音されたのは間違いなく東海道本線なんですよね」

「はい、間違いないと思います」

「このやかましさは、285系よりさらに古く、駆動系にWNドライブじゃなくて、撓み継手方式を使っている185系じゃないでしょうかね」

首を傾げながら、村上は結論を出した。

「185系ですか」

自分はいま、さぞかし間抜けな顔をしているだろうと春菜は思った。

「ええ、国鉄時代の一九八一年から八二年に製造された電車ですから、車歴はもう四〇年近くになります。《抵抗制御》方式なので、当然ながら『パコン!』の音はします」

話しているうちに、村上は自分の出した結論に自信を持ち始めたようだ。

声が力強くなっている。

「どんな列車に使われているんですか」

春菜はこの質問の答えを早く聞きたかった。

「まずは東京—伊豆急下田あるいは修善寺間を走る特急《踊り子》です」

その列車なら、通勤時や出張時の藤沢駅で何度も見ていた。

「あの白い車体に緑色の斜めストライプが入っている四角っぽい電車ですよね!」

「そうです、そうです。あれです」

我が意を得たりとばかりに、村上はうなずいた。

「あれか、知ってるぞ。《湘南ライナー》にも使っているヤツだろ。乗ったことあるぞ」

康長の声はうわずっていた。

「それです！　《ホームライナー小田原》や《おはようライナー新宿》にも使っています。特急《踊り子》は、この二〇二〇年三月一四日のダイヤ改正で一部がE257系という新しい車輛に置き換えられましたが」

「で、午前七時頃より早く清水谷戸トンネルを通過する185系はどの列車なんだ？」

康長は気短に訊いた。

通報時刻、つまり近所の老人が死体を発見したのが午前七時七分なのだから、殺害された時刻はこれより早くなければならない。

「いや、それはありません」

だが、村上の答えは期待に反するものだった。

「なんでだよ」

尖った声で康長は訊いた。

「まず、最初の上り《踊り子》四号が横浜駅に着くのは一二時以降です。なにせ伊豆から帰る乗客を対象にしていますから。それから《おはようライナー新宿》は貨物線に入ってしまうので清水谷戸トンネルを通りません。上りでいちばん早い《湘南ライナー》二号は横浜通過が午前七時二二分頃です。《ホームライナー小田原》は夜だけの運行です。回送列車については はっきりしませんが、おそらくその時間はないと思いますし、185系の回送列車をわざわざ撮りにゆく《録り鉄》がいるとは思えません。この走行音は、殺人とは関係ないものなんじゃないんですか?」

そんなことはない。断末魔の悲鳴が入っているのだ。

しかし、春菜としては口に出せなかった。

「ほかにないのか、臨時列車とか」

「ちょっと待って下さいね……」

村上はパーカーのポケットから小さい時刻表を取り出した。あちこちに青や黄色の付箋が貼ってある最新の三月号だった。

ちらっとページを確認してから、村上は顔を上げた。

「もしかすると……」

「なにかわかった?」

春菜は期待をこめて訊いた。

「事件発生は三月二八日の早朝でしたよね……片桐さんが狙っていた列車は、臨時夜行快速列車の《ムーンライトながら》なんじゃないんでしょうか」

目を瞬かせながら村上は答えた。

「なんだ、その列車は？」

康長はけげんな顔で訊いた。

もちろん春菜も知らなかった。

「むかし走っていた大垣夜行が全席指定の快速となった列車です。上りの場合は大垣発二二時四八分で東京着が五時五分です。この列車の横浜到着は四時四〇分です。一九九六年の三月以来、学校の春、夏、冬の休みに運行されている臨時列車ですが、この三月は二一日から二九日に運行されていました。さらに使用車輛は１８５系です」

淡々と村上は言葉を連ねた。

「それだ！」

康長は叫んだ。

「いつ廃止になってもおかしくないと言われています。あるいは、この前の三月二九日の上りを最後にもう運行されないかもしれないのです。この列車を狙う《撮り鉄》の人たちはいたと思いますよ」

「間違いない。三月二八日、片桐さんは《ムーンライトながら》を撮りに行ったんだ！」

踊り出しそうな表情で康長は言った。

殺害された時刻が二時間近く前倒しになるのだ。

そうなると、松井のアリバイも成立しなくなる。

春菜の胸の鼓動もどんどん高まってきた。

「でも、そうなると、おかしなことがあります」

「なにがおかしいんだ？」

「横浜到着が午前四時四〇分ですから、清水谷戸トンネル付近は四時半頃でしょう。夜が明けていないのであのあたりは真っ暗です。写真を撮るのは難しいと思います」

村上の指摘は鋭かった。

「うーん、どういうことなんだろう。撮影対象が《ムーンライトながら》で、殺害時刻が四時半頃ならアリバイは崩れるわけだ。だが、あたりは真っ暗で、列車の写真は撮れないというわけか……」

康長は頭を抱えた。

とつぜん、春菜の脳裏で火花がチカッと光った。

「待って下さい」

春菜はタブレットで、《モトちゃんの撮り鉄的日乗》のページに掲載されている写真をチェックし始めた。

春菜の鼓動は早くなっていった。

一枚の写真が春菜の目に飛び込んできた。

ちょっとの間、春菜は胸に手を置いて目をつむった。

「やっぱり、そうです……」

目を開いた春菜は、康長と村上の顔を交互に見て唇を開いた。

「すべてを矛盾なく解決できる答えがあります」

静かな声で春菜は言った。

間違いない。片桐の死の真相はほかにない。

だから武井は、片桐が使用したレンズの焦点距離に違和感を持っていたのだ。

春菜の胸は震えていた。

自分のこころを落ち着かせるために、春菜はすっかり冷めたコーヒーを口にした。

「武井さんに確認したいことがあります。ちょっと電話を掛けてきます」

言い残して、春菜は席を離れた。

2

その日の六時過ぎ、春菜と康長は高座渋谷の松井友之の家を訪ねた。

昨日と同じようにリビングに通された二人は、ダイニングテーブルを挟んで松井と向かい合うことになった。

「今日はとても残念なお話をしなければなりません」

ゆっくりと春菜は切り出した。

鉛のようにこころが重かった。

本当はベテランの康長に、この役割を担ってほしかった。

春菜から話すことになったのは、康長が譲らなかったからである。

「どうしたのです。二日続けてお見えなので驚きましたよ」

松井はとぼけたような顔で答えた。

「昨日わからなかったことがわかったのです」

「いったいなんですか？」

「松井さんが、どういう手段を使って恨みを晴らしたかです」

春菜は松井の瞳を見据えた。

「なにを言うんです。僕が何の恨みを晴らしたって言うんですか」

松井は鼻の先にしわを寄せて笑った。

「もちろん、美紅ちゃんの死についてです」

春菜は視線に力をこめた。

松井の表情が変わった。

「すると、なんですか。僕が誰かに加害行為をしたとでも言うんですか」

眉間に深いたてじわを刻んで松井は声を尖らせた。

「そうです。あなたは片桐元也さんを殺害しました」

静かに、しっかりと春菜は告げた。

一瞬、松井は黙った。

「失礼な。なにを根拠にそんな無茶苦茶なことを言うんですか」

目を吊り上げて松井は怒りの声を発した。

「根拠はあります」

「おかしいでしょう。三月二八日の午前六時三五分頃、僕は《ラ・ドール》で働いていたんですよ」

せせら笑うように松井は言った。

「はい、店長さんに伺いました」

「そんな僕が、どうやって同じ時刻に戸塚あたりで人を殺せるって言うんですか。僕にはアリバイがあるんですよ」

松井は歯を剝き出した。

「午前六時三五分頃という犯行時刻は片桐さんが《サンライズ出雲・瀬戸》を撮影しようとしていたという前提で割り出したものです。ですが、あの日、片桐さんが撮影しようとしていた列車は《サンライズ出雲・瀬戸》ではありませんでした」

ふたたび、松井は沈黙した。

「じゃあ、なんて列車だったんですか?」

松井の声は震えていた。

「臨時夜行快速列車の《ムーンライトながら》です」

「僕は列車のことは詳しく知らないが、そんな列車があるんですか」

「はい、学生さんの春、夏、冬の休みに運行される列車で、この三月は二一日から二九日の間、運行されました。もしかすると、三月二九日の上りを最後にもう運行されないかもしれないという貴重な列車でした」

「貴重な列車はもう懲り懲りですよ」

松井は吐き捨てるように言った。

「《ムーンライトながら》の横浜到着は四時四〇分です。もし、片桐さんがこの列車を撮ろうとしていたとすれば、殺害時刻も四時半前後となるはずです。実は初めてお話ししますが、片桐さんの最後のようすは、本人が録音していたＩＣレコーダーに記録されていました。断末魔のようすまで……」

春菜は、片桐の最後のようすを思い出して言葉を切った。

「あなたがなんのことを言っているのかさっぱりわかりません」

松井は首を横に振った。

「犯行直前に入っていた列車の走行音を確認したところ、《サンライズ出雲・瀬戸》でないことがはっきりしました」

「それが《ムーンライトながら》だと言うのですか」

「はい、決定的だったのは、《サンライズ出雲・瀬戸》では聞こえない音が入っていたのです」

「どんな音ですか」

だんだんと松井の顔色が悪くなってきた。

「モーター制御に抵抗制御という方式を使用している列車だけが発する音です。その音が聞こえるからには、片桐さんの死の直前に走ってきた列車は《サンライズ出雲・瀬戸》ではないのです」

松井の喉仏がピクリと動いた。

「僕は素人なのでよくわからないのですが、四時半頃となると、いまの季節は夜が明けていません。そんな真っ暗ななかで、列車の写真など撮れないでしょう?」

松井は論点を変えた。

「たしかに片桐さんの死体が発見された清水谷戸トンネル付近は照明が少ないので、その時間帯の写真撮影には向きません」

「だったら、《ムーンライトながら》を撮りに行ったのではないんじゃないですか」

松井は勝ち誇ったように背を反らした。

しかし、その姿勢は虚勢を張っているようにしか見えなかった。

「いえ、撮りに行ったのは《ムーンライトながら》なのです。ただし、撮影場所は清水谷戸トンネルではないのです」

「あなたはなにを言ってるんですか。死体は清水谷戸トンネル付近で発見されたんでしょう?」

松井は声を尖らせて聞いた。

「死体発見場所は戸塚区品濃町の清水谷戸トンネル付近です。でも、殺害場所は違うのです」

いちばん肝心な点を春菜はゆっくりと告げた。

「なんですって！」

松井は目を剝いた。

身体が震え始めた。

明らかにひどく動揺している。

「そうです。片桐さんは別の場所で殺されて、死体を清水谷戸トンネル付近に遺棄されたのです」

「あなたの言っていることは無茶苦茶だ。だって、死の直前に列車の音が聞こえたんでしょう」

松井は自分を必死に立て直して、春菜に反駁した。

「片桐さんが殺されたのは、戸塚―大船間の飯島橋付近の撮影ポイントです。片桐さんは、夜間、その付近で撮影した写真を何枚かブログにアップしていました。ある《撮り鉄》の方に伺ったら、飯島橋付近は《住友電工》の横浜製作所の灯りが照明の役割を果たして夜間の列車撮影の名所なのだそうです」

武井に電話で聞いてあらためて確認してあった。

松井は黙り込んだ。

「あなたは美紅ちゃんを片桐さんに殺されたと思い込み、その殺害計画を練った。繰り返しになりますが、あなたは三月二八日の四時半頃、栄区飯島町にある飯島橋付近で《ムーンライトながら》を撮影していた片桐元也さんに背後から迫って絞殺した。その上で自分のクルマに片桐さんの遺体とカメラや三脚などの荷物を載せて、戸塚区品濃町の清水谷戸トンネル付近まで運んだ。正面のマンションの住人の目に付かないように電車が通過する頃合いを見計らって、あの撮影ポイントの空き地に死体を遺棄し、カメラや三脚などを散乱させた。遺棄だけならそんなに時間は掛からなかったのではないですか」

松井はうつむいて答えを返さなかった。

「あなたが遺体を運搬するなどという手間を掛けたのは、もちろんアリバイ作りのためです。四時半の《ムーンライトながら》を、六時三五分の《サンライズ出雲・瀬戸》に偽装するためです。第一現場の飯島橋付近は五時半頃から工場を出てくる人の通りが多いんですね。あまり早く遺体を発見されると、アリバイが崩れてしまいますから。さらに飯島橋付近は六時三五分頃は真逆光になって撮影に向かないからです」

このこともまた、武井が教えてくれた。

「飯島橋付近での殺害時、あのＩＣレコーダーを止めたのはあなたです。地面にぶつかって止まったのではない。止めなければ、その後で遺体を運搬するクルマのエンジン音など余計な音が入ってしまいますからね。でも、ＩＣレコーダーは第二現場に残す必要があった。むろん電車の走行音を《サンライズ出雲・瀬戸》と思わせるためです。第二現場は夜が明けても人通りがほとんどないから、あなたは清水谷戸トンネル付近を選んだのでしょう。しかも、片桐さん自身が《サンライズ出雲・瀬戸》をもう一度撮るような予告をしていましたから。死体遺棄の時刻は、おそらく五時半頃でしょう。そのくらいでないと、パン屋の《ラ・ドール》さんに六時二〇分に出勤できませんから。これがあなたが三月二八日に実行した行為の内容です」

松井はもはやひと言も口をきかなかった。

この場合の沈黙は肯定を意味しているとしか思えなかった。

春菜はすべてを話し終えて、大きく息をついた。

「すでに飯島橋付近に鑑識が入っています。きっと遺留品が見つかるはずです。また、あなたのクルマの捜索・差押令状も請求しています。アリバイが崩れたことで上のほうも納得してくれました。車内からは必ず、片桐さんのＤＮＡが検出されるはずです。残念ながら、証拠は次々に出てくるはずです」

春菜の話を引き取った康長の言葉は、松井に逃げ場のないことをはっきりと伝える結果となった。

しばらく黙ったまま、松井はうなだれていた。

やがて、ゆっくりと顔を上げた松井はうつろな目で口を開いた。

「娘は……美紅は……なぜ死ななければならなかったんだ」

うめき声とも泣き声ともつかないような松井の声だった。

「お気の毒に思います」

春菜は目を伏せた。

「あなたたちは恐ろしい。小田原署の内田さんはいい方でしたが、そんな鋭さはなかった。もし、四年前に事件を担当してくださったのが、細川さんや浅野さんだったら僕はこんなことはしなかったでしょう。片桐が逮捕されれば、司直の手に委ねたかもしれません」

「ですが、あなたの気持ちは、片桐さんが器物損壊で訴追されるだけでは収まらなかったでしょう」

残酷と思いつつも春菜は、この事件の本質に触れた。

「そうだな、器物損壊での逮捕じゃだめだな……僕はあの事件から、毎日、タイヤをパンクさせた男の正体を見つけようとネットの鉄道ファン系のSNSやサイトを見まくったのです。ある日、7チャンネルの掲示板の鉄ヲタスレッドで『騒ぎを起こした男の一人が県内に住んでいる鉄道写真コンテストの入選常連者』であることを知って小躍りしました。本屋に行って写真雑誌を買いあさるうちに、何人かの候補が絞られてゆきました。そのなかで、《モトちゃんの撮り鉄的日乗》に、あの日、石橋山で撮ったと思われる写真が載っていたのです」

「でも、どうして片桐さんだと確定できたんですか」

「片桐は馬鹿な男ですよ。7チャンネルでタイヤをパンクさせた話を書いていたのです。それも得意げにね。僕の怒りは爆発しそうでした」

「そんな話書かなければよかったのに……」

春菜の声はかすれた。

「僕はあのブログの写真をすべて分析して、片桐の自宅や勤務先を見つけ出しました。さらに僕は週に二、三回は片桐を尾行して《撮り鉄》としての行動パターンなども探り出したのです。ついにヤツが《ムーンライトながら》を撮影することをつかんだ僕は、いま、細川さんが言ったような計画を立てて実行しました。だが、僕は後悔していません。ヤツは当然の報いを受けたのです」

松井の声は寒々と冷えていた。

「でも、こんなことで亡くなった美紅さんは喜ばないと思いますよ」

「わかっていますっ」

松井は小さく叫んで言葉を継いだ。

「だけど、僕にはほかの生き方はできなかったんだ。細川さんは、お子さんはいますか？」

「いいえ、いません」

「なら、僕の気持ちがわかるはずはない。一人娘を亡くし、家族を失った人間は手足をもぎ取られたも同然なんです。何度、死のうと思ったかわからない。だけど、片桐への復讐を目指すことで、自分を支えて生きてきたんです……あの日から時間の止まってしまった僕に、ほかの生き方は存在しなかった……」

松井は顔を両手で覆ってしばらく嗚咽を漏らしていた。

「一緒に来て頂けますね」

康長は静かに尋ねた。

「はい……」

細々とした声で松井は答えた。

康長が連絡を入れたので、一〇分後には自動車警ら隊のパトカーが駆けつけた。

任意同行というかたちになるが、移送された戸塚署内で逮捕状が執行されるだろう。

春菜と康長が先に、二人の制服警官に伴われた松井が後から続いて家を出た。

いったん県警本部に戻るために、春菜たちは高座渋谷の駅に向かうことになった。

「細川さん」

パトカーに乗せられる直前の松井に呼び止められた。

「なんでしょうか」

振り返った春菜に向かって松井は頭を下げた。

「美紅にお花を買ってきてくださって、とても嬉しかったです」

松井の声はかすかに震えていた。

「いえ、美紅さんのご冥福をお祈り申しあげます」

春菜は心をこめて答えた。

遠ざかるパトカーを眺めながら、春菜のこころはやりきれない気持ちでいっぱいになった。

専門捜査支援班の初仕事はあまりにも苦いものだった。

3

一週間後の日曜日はよい天気となった。

いささか霞んだパウダーブルーの空が春らしい。

春菜は目の前にひろがるサファイア色の海に激しくこころを打たれていた。

立っているのはたしかに駅のホームである。

だが、目の前には海しかない。

限りなく青くひろがる相模湾が、春菜の目に痛いほどに光っている。

故郷の氷見線も海沿いを走る。

冬場は富山湾越しに立山連峰の銀嶺が見える風光明媚な雨晴（あまはらし）海岸。すぐ近くの雨晴駅も海しか見えない。高校生の頃から大好きな駅だった。

けれども、ここ東海道本線根府川駅は神奈川県小田原市だ。

横浜駅から一時間足らずで来られる場所なのだ。

刑事部に移った春菜にとっては全県が仕事場だ。

自分の仕事場のなかに、こんなに素晴らしい景色があることに春菜は感激していた。

白紺ボーダーのロンTに、ナチュラルホワイトのチノパンを穿き、淡いグリーンのコットンパーカーを着てきた。歩きやすいトレッキングシューズで足もとを固め、背中には帽子や傘などを入れたデイパックを背負ってきた。

右手にはブーケを持っている。

今日は、石橋集落にある宝寿寺という真言宗の寺院に墓参りに来たのだ。

本堂背後の墓地には、不幸にも幼くして亡くなった松井美紅が眠っている。

戸塚署に留置されている松井友之の代わりというわけではないが、美紅に会いに来たくなったのだ。

宝寿寺はひとつ東京寄りの早川駅からは二キロ弱、この根府川駅から約三キロの道のりだ。このあたりのことをネットで調べていたら、根府川駅のホームから海を写した写真がいくつかヒットした。

どうしてもこのホームに立ちたくて、春菜は根府川駅から石橋集落まで歩くことにした。熱海行きの電車から降りた瞬間、春菜の視界は海の青さで覆われた。春菜のこころは海の輝きに奪われた。

ホームの端の海側には、海を背景にした桜の木がぽつりと立っていて、潮風に花弁が華やかに舞っていた。

木造のなつかしい無人駅の改札を出ると左手にも桜の木があった。駅前の狭い広場から振り返ると、盛りを少し過ぎた桜が薄緑色の羽目板の壁の駅舎に映えて艶やかだった。

春菜は県道７４０号小田原湯河原線を、小田原方向に歩いていった。七〇〇メートルほどは道幅が狭いのにクルマが多くて歩きにくかったが、根府川の交差点を過ぎると、嘘のように交通量が少なくなった。右手にずっと相模湾を見おろしながら、のんびりとした道を歩く気分は最高だった。

道沿いには桜の木も多く、はらはら散る桜吹雪が駘蕩（たいとう）とした春らしさを感じさせる。

春菜は実家のある庄川温泉郷の桜の頃を思い出してなつかしくなった。

庄川河畔は桜の美しいところだ。年度初めは毎年忙しいので、桜の季節にはなかなか帰れなかった。

汗ばんできたのでパーカーはデイパックにしまい、ロンT姿で歩いていると肩に花弁がいくつも舞い降りてきた。

アップダウンの多い道をどんどん歩き続けて、海沿いに下りたり、東海道線の線路沿いを歩いたり、ルートは変化に富んでいた。

小一時間ほどすると石橋集落に辿り着いた。

途中で通ってきた集落と同じようにここも道が狭く急坂が多い。海沿いの漁村ではよく見られる景色だ。

ただ、ここ石橋は、集落の上を高く長い東海道本線の玉川橋梁が跨いでいる。さらに集落の奥には東海道新幹線の玉川橋梁が同じように集落を跨いでいる。鉄橋の下の集落であった。

急な坂道を上ってゆくと、ついに目的地の真言宗東寺派宝寿寺に着いた。

お寺の人に声を掛けようかとも思ったが、親戚でもないのでためらいが生まれた。結局、誰にも告げずに春菜は裏手の墓地に登っていった。振り返ると海がよく見える。

松井家の墓を探そうと墓地を見まわすと、どこかから線香の匂いが漂ってくる。

吸い寄せられるように、春菜は線香の煙たなびく方向へと歩み寄っていった。

デニムシャツ姿の男が一人、黒御影石の墓の前で突っ立っている。

「浅野さん……」

振り返ったのは間違いなく浅野康長だった。

「なんだ、細川、おまえも来たのか」

素っ気なく康長は答えた。

「ええ、根府川駅から歩いてきました」

「根府川か……ずいぶん遠かっただろう」

「一時間くらいですかね」

「やっぱり若いな。俺は早川からタクシーで来たよ」

「どうしてまた、ここへ？」

「いや、別に深い意味はない。ただ、美紅って子が淋しがってるんじゃないかと思ってな」

さらに素っ気ない調子で康長は言った。

「お父さん、しばらく来られませんからね……」

言葉にしたら、悲しみがこみ上げてきた。

涙がこぼれたら嫌なので、春菜はあわててしゃがむと、線香に火をつけ、ブーケを供えて合掌した。

「でも、美紅ちゃんは時間のないところへ行ったんだから……ずっとお父さんを待てるよね」

自分に言い聞かせるように春菜は言った。

康長はなにも言わなかった。

青空に鳶が二羽鳴き交わして円を描いていた。

月曜日に出勤してみると、宅配便がふたつ届いて春菜の机の上に置いてあった。

差出人は、村上義伸と武井要介だった。

村上からのプレゼントは185系と285系の走行音聞き比べCDだった。もちろん、村上自身が録音したものだろう。

武井からの贈り物は、鉄道風景写真集だった。武井が撮った数々の写真を自費出版したものらしい。

どちらにも手紙は添えられていなかった。

ほとんどの鉄ヲタは純粋で照れ屋のいい人たちなんだ。

ふたつのプレゼントを両手にした春菜は思うのだった。

この作品は書き下ろしです。

神奈川県警「ヲタク」担当　細川春菜

鳴神響一

令和3年6月10日　初版発行
令和4年11月25日　3版発行

発行人――石原正康
編集人――高部真人
発行所――株式会社幻冬舎
〒151-0051東京都渋谷区千駄ヶ谷4-9-7
電話　03(5411)6222(営業)
　　　03(5411)6211(編集)
公式HP　https://www.gentosha.co.jp/

印刷・製本―株式会社 光邦
装丁者――高橋雅之

幻冬舎文庫

ISBN978-4-344-43091-4　C0193　な-42-6

この本に関するご意見・ご感想は、下記アンケートフォームからお寄せください。
https://www.gentosha.co.jp/e/